Mirabilia

Mirabilia

contos de Natal

Ana May Brasil | Ana Néo | Andressa Souza | Carlos Donisete | Cyntia Tavares | Diana Pinheiro | Filipe Pinho | Ianna Matos | Íris Cavalcante | Iusta Caminha | Juliana Marinho | Juzefina Menezes | Klausney Muniz | Lara Rovere | Lorena Moreira | Luiz Rattz | Rafael Moreira | Rebeca Nolêto | Roberta Furtado | Samara Ribeiro | Stênio Gardel | V. Maria Bezerra

Labrador

Coordenação editorial
Diana Szylit

Projeto gráfico, diagramação e capa
Rodrigo Rojas

Revisão
Socorro Acioli
Marina Saraiva

Comissão organizadora
Ana May Brasil
Ana Néo
Filipe Pinho
Iusta Caminha
Lorena Moreira

Dados Internacionais de Catalogação na Publicação (CIP)
Angelica Ilacqua CRB-8/7057

Mirabilia : contos de Natal / organizado por Filipe Pinho.
-- São Paulo : Labrador, 2018.
104 p.

ISBN 978-85-87740-34-2

1. Contos brasileiros 2. Natal - Ficção I. Pinho, Filipe.

CDD B869.31

18-1796

Índice para catálogo sistemático:

1. Contos brasileiros

Editora Labrador
Diretor editorial: Daniel Pinsky
Rua Dr. José Elias, 520 – Alto da Lapa
05083-030 – São Paulo – SP
Telefone: +55 (11) 3641-7446
contato@editoralabrador.com.br
www.editoralabrador.com.br

Para Socorro Acioli, é claro.

Sumário

Prefácio

Mirabilia é a origem da palavra *maravilha*. Vem do latim, designa as coisas que não se compreende e que causam alumbramento, espanto, admiração.

Depois de muitos anos de experiência com cursos de escrita criativa, em dezembro de 2017 fiz a minha primeira oficina de contos com tema pré-definido. A ideia era escrever um conto de Natal em quatro dias. Rapidamente lotamos a turma dentro do projeto Cultura em Curso, da Livraria Cultura de Fortaleza.

Nos primeiros dois dias de aula, apresentei conceitos básicos sobre a teoria do conto, as características principais do gênero, as ideias dos teóricos e contistas sobre essa categoria de texto e expliquei alguns caminhos sobre como estruturar uma narrativa curta.

As aulas teóricas seriam na segunda e na terça. Na quarta, uma pausa para a escrita. Na quinta e na sexta, leitura dos textos. Depois de conduzir as orientações principais, fiz um pedido: que os alunos escrevessem sobre o Natal, mas fugindo dos clichês. A cena da família em torno da árvore, abrindo presentes e comendo peru com farofa já foi explorada à exaustão. O Papai Noel feliz e bonachão também.

Escritores são seres com talento para enxergar o que a maioria não vê. Por exemplo: como é o Natal dos que não têm onde morar? Das mulheres que criam seus filhos sozinhas? Do ponto de vista das crianças? Como seria o Natal se todos os estereótipos fossem abolidos?

Minha provocação faz parte do trabalho de formação de escritores. Além do aprendizado da técnica da escrita, é preciso respirar e observar o mundo, calçar os sapatos do outro, enxergar muito além do próprio território, recriar a ordem da vida.

Quando começaram as leituras dos contos, percebi que o resultado seria algo inesquecível. Um dos alunos, Filipe Pinho, entrou em sala de aula vestido de Papai Noel e subvertendo totalmente a imagem do bom velhinho que todos conhecemos. Com trilha sonora e tudo. Em algumas páginas vocês entenderão o meu espanto e a crise de riso coletiva.

Assim, eles e elas foram me mostrando o resultado dos seus processos individuais de escrita. Cada um a seu modo, como deve ser o resultado de um curso dessa natureza. Estávamos ali para ser o que somos. A única possibilidade no trabalho com a literatura é a honestidade.

Mirabilia: contos de Natal é o conjunto de maravilhas que nasceu do encontro entre pessoas que cultivavam o sonho de escrever.

O que fizemos juntos foi aprender um com o outro. Eu, enquanto professora, sou quem mais aprende. Tenho imenso orgulho do trabalho de cada um, respeitando seus ritmos, experiências e práticas de texto. São contos para rir, chorar, pensar. São provas honestas de uma experiência que virou alegria, sonho realizado, nossa mirabilia coletiva.

Socorro Acioli

Escritora, doutora em Literatura pela Universidade Federal Fluminense, coordenadora da especialização em Escrita Literária do Centro Universitário Farias Brito e professora no Instituto de Cultura e Arte da Universidade Federal do Ceará

Revelações

Ana May Brasil

Estavam brincando de contar segredos justo na véspera do Natal, e Lela não se segurou:

— Sabia que os presentes que aparecem debaixo da sua cama, nos dias de Natal, são comprados e colocados lá pelos seus pais?

— E o Papai Noel?

— Ele não existe! É invenção dos adultos.

Flavinha entendeu depressa o que ouviu, já andava meio desconfiada da história, mas caiu no choro, soluçava desbragadamente: de raiva por ter sido enganada por tantas pessoas, de despeito pela amiga saber de uma coisa tão importante e ela não. Quase como uma vingança, disse:

— Sabia que a mamãe me mostrou um livro que explica tudo como a gente nasce?

— Ah! Eu sei que saímos da barriga das nossas mães!

— Mas aposto que não sabe como as crianças chegam nas barrigas, sabe?

As explicações foram detalhadas e contaram com a enorme colaboração do livro *De onde vem os bebês*, de Andrew C. Andy, cheio de figuras e tudo mais.

Quando Lela entendeu como sua procriação realmente acontecera, caiu no choro, um pranto que misturava surpresa e decepção.

— Quer dizer que pra gente nascer nossos pais fizeram aquiiilo?

Num grande chororô, as duas amigas se abraçaram, talvez por sentirem que seu tempo de inocência estava acabando. Dali para a frente era só vida real.

A CÓPIA

ANA NÉO

Dona Zilá caminhava rapidamente pelo chão batido. Estava acostumada a pelejar contra a Morte. Todavia, pela primeira vez sentiu um aperto no coração; passara a noite em sobressalto e sabia que a Dama de Negro pousara no quarto da afilhada. Antes de sair, arrumou a bolsa de palha com as ervas que precisava, além do terço, da água benta e do livro de orações. Muitos semeiam a morte, era uma certeza da benzedeira. Mandou chamar o rapaz, que chegou cedo e assustado, e disse:

— Você, me traga a cópia da minha menina! Aquela que ela te deu de presente! E o caso é urgente, tenha pressa! Ao entardecer, me encontre lá!

A casa da enferma era um pouco longe. Ao pingo do meio-dia, Dona Zilá chegou ao local. Era hora santa, ela precisava começar imediatamente os trabalhos. Ao redor da casa, os cachorros latiam loucamente. Quando entrou, um remoinho pareceu acompanhá-la, mas se desfez antes de alcançar a parede com o crucifixo. Estava cansada, caminhara por longo tempo, mas não deixou se abater — há muito aprendera a esquecer o cansaço para curar as dores dos outros. Retirou o chapéu de palha, fez o sinal da cruz e entrou no quarto da combalida.

A moça se retorcia para pedir a benção da mulher, mas não tinha força para erguer os braços. Até os menos cuidadosos perceberiam que a Morte estava nos olhos daquela donzela. O corpo era pele e osso, recoberto de pequenos furúnculos avermelhados. O médico local tentou todos os medicamentos possíveis. Nada! Aconselhou a família a levá-la para a capital. Então Dona Zilá intrometeu-se; não ia perder a afilhada assim como perdera o marido. Estava na hora de buscar ajuda divina, porque "em Deus querendo, tudo se realiza".

Abençoou a jovem, acendeu uma vela, abriu mais a porta, queimou umas ervas. Preparou um unguento com raízes e banha de animais. Pediu para alguém trazer água "de beber" e começou uma pajelança. Defumava o quarto como se estivesse invocando ajuda espiritual. Rezava baixinho, quase não dava para decifrar as palavras. Em seguida, as orações foram dirigidas ao corpo da jovem. Com folhas embebidas em água benta, a curandeira fazia o sinal da cruz, iniciando pela cabeça e indo até os pés da enferma. Pedia a cura em nome de Cristo e expulsava, também em nome Dele, os espíritos inferiores. Passou o emplasto sobre as pequenas feridas avermelhadas, colocou algumas sementes em um copo com água, manipulou artesanalmente com uma colher de pau e deu para a moça beber. Era tudo que o sensível estômago da jovem conseguia absorver. Tinha feito, até ali, tudo que podia — agora era esperar a vinda daquele imprestável. E o pior: tinha a certeza que a moça, quando curada, casaria com ele e seria infeliz pelo resto da vida. Contudo, "antes infeliz que morta", repetia a frase para ela mesma como se quisesse realmente acreditar nisso.

O rapaz era um dos mais bonitos da redondeza. Chamava-se Francisco. Vinha de uma família de poucas posses, mas era disposto para o trabalho. O único problema é que era namorador. A fama era herança do pai, que desencaminhou várias cachopas. Algumas arribaram e outras seguiam envergonhadas. Chico, assim como seu genitor, iludia várias jovens e não assumia nenhum compromisso, ou mesmo tinha várias namoradas ao mesmo tempo. Apaixonou-se por Das Dores em uma feira, um dos poucos ambientes que a jovem frequentava. Jurava que tinha sido amor à primeira vista. Das Dores era uma moça vistosa, de cabelos longos e negros, cútis clara, rosto afilado, boca fina, altura mediana e aura nobre.

Incumbido da missão, ele procurava "a cópia" da moça por todos os cantos da casa. Com todos os cômodos já revirados, a possibilidade de cura de Das Dores estava escorrendo pelas mãos. Desesperado, lembrou que Célia continuava frequentando suas intimidades, arrumando sua casa, dormindo em sua rede. "Vou até o inferno para separar você daquela zinha." Ao relembrar a fala da amante, Chico sentiu o peso de suas ações e ficou paralisado. Segurou a cabeça por alguns instantes, como quem adivinha o que já passou. Contudo, de súbito, levantou, correu até a casa da amásia. Sentia um misto de medo e revolta, pegou fortemente a amante pelo braço e ordenou que ela devolvesse o que tinha furtado. A mulher negou obstinadamente. Após horas de insultos e de empurrões, nada foi revolvido. Chico terminou o relacionamento definitivamente. Ela não acreditou. Quando ele já ia a alguns passos da casa de Célia, a mãe da moça, também não satisfeita com o destino da filha, devolveu secretamente o objeto surrupiado. Uma nova luz floresceu no rosto de Chico, que nem notou a deformação sofrida pelo objeto resgatado. Colocou-o no bolso da blusa e partiu apressadamente. Precisava chegar ao entardecer. Tinha pouco tempo, corria como se fosse salvar o grande amor da sua vida, mas o que o movia era o receio de ser culpado por uma morte.

Na casa da namorada, entregou o objeto à fada madrinha. Era a primeira e única foto de Das Dores, em uma de suas idas à feira. O retratista da capital ficou encantado com a beleza da moça e aceitou os poucos recursos desta para retratá-la. Das Dores, no auge de sua paixão, presenteou o amado com aquele objeto sagrado.

O retrato fora parar na casa da Preta Velha, pelas mãos de Célia. Feita de vodu, a foto era perfurada com raiva todo dia, às vezes até mais que uma vez por dia, dependendo do humor da rival. E o corpo de Das Dores definhava.

Dona Zilá fez as últimas orações e jogou a foto nas brasas. Esperou para que tudo virasse cinzas. Às seis da tarde, rezou uma ave-maria e esperou o milagre. Começou a observar o tempo, sentiu um vento mais ameno. Era véspera de Natal, já tinha até esquecido. Provavelmente a Dama de Negro deu uma trégua, pelo menos naquela noite.

O PULO DO GATO

ANDRESSA SOUZA

Um engradado de cerveja, um pudim sem lactose e dois fins de semana à escolha: esse foi o saldo da negociação que Camila travou com um colega de jornal para trocar o plantão do fim de ano em cima da hora. O que um filho pede chorando que uma mãe não se lasca todinha para fazer?

Não era segredo nenhum naquela redação que ela vinha comendo o pão mofado e bolorento que o diabo amassou com o sapato que pisou no cocô de algum bicho infernal. Trinta e seis anos, mãe solo de um inteligente menino de oito, mas que às vezes dava alertas estranhos que a faziam pesquisar sobre autismo no Google. Lógico que ela apagava o histórico depois: Gabriel encontraria seus rastros mais fácil do que as meias para ir à escola. Como todo repórter em qualquer jornal, ela sentia que trabalhava mais do que deveria, dividindo o cansado raciocínio desesperado por férias para produzir textos, vídeos, fotos e cobertura ao vivo com o iPhone emprestado que mal sabia mexer. O máximo de vida social que se permitia era uma cerveja ou duas no bar derrubado que convenientemente ficava na esquina do jornal (a chave do empreendedorismo também é saber onde o seu negócio vai ser mais necessário).

Se fosse só isso ela ainda não teria razões para criticar a falta de solidariedade do colega com quem trocou de plantão. A uva-passa que estragou o arroz desse Natal para Camila foi a morte de sua mãe. Por mais que tenha acontecido em março, parecia que foi ontem que ela recebera a ligação desesperada da irmã caçula avisando que a mãe tinha sofrido uma embolia pulmonar. Camila não chegou a tempo no hospital porque, com todos os parentes na sala de espera, não havia quem ficasse com Gabriel.

Passou-se o primeiro Dia das Mães sem ela. O primeiro aniversário sem ela. O primeiro Dia das Crianças sem ela. Camila decidiu que não ia aguentar o primeiro Natal sem ela. Quando fizeram a escala do plantão de fim de ano no jornal, prontamente se voluntariou para trabalhar no dia 24. Obviamente, disse à irmã que fora um sorteio e que infelizmente não poderia comparecer à ceia na casa dela, mas agradeceria se pudesse deixar Gabriel lá. Ele já era um "rapazinho" e não ia dar trabalho a ninguém; poderia até fazer companhia ao avô, que morava com a filha mais nova desde o falecimento da esposa.

Ela pagou pela boca quando Gabriel resolveu dar trabalho a quem Camila menos esperava: ela mesma. Pela primeira vez na vida, até considerando as fases mais difíceis de recém-nascido, o garoto deu um piti: queria, porque queria, mas queria muito montar uma árvore de Natal e cear na própria casa.

— Você sabe que não dá pra ter árvore em casa, Biel. Os gatos vão enlouquecer! Coloca no YouTube pra você ver! — Camila tentou ser a voz da razão.

Ela vai defender até a morte que a expressão no rosto do garoto foi coisa que ele aprendeu vendo filmes não apropriados para a idade dele. Ela só viu aquele olhar em Al Pacino, n'*O Poderoso Chefão*.

— Será que pelo menos uma vez na vida a gente pode ser uma família normal?

E foi fim de conversa.

Chegaram a um consenso de que a única maneira de essa ideia dar certo seria montar e desmontar a árvore no mesmo dia, mantendo sempre um olho aberto no Exército, como eles chamavam os oito gatos com quem moravam.

A verdadeira coronel daquela casa era Maitê, a gata mais velha, laranja e de olhos heterocrômicos, um castanho e outro azul. O segundo em comando era Ernesto, um gato malandro malhado de preto e branco que chegara um dia pela varanda, gostara da decoração e resolvera ficar. Os sargentos eram Caetano e Augusto, claros casos de nepotismo na escala de poder, pois eram filhotes de quando Maitê ainda não era castrada; e os outros quatro eram da prole do safado do Ernesto, que Camila se viu na obrigação de acolher depois de, mesmo sem querer, ganhar a guarda dos pequenos na batalha judicial informal com a vizinha do lado, dona da mãe. Até este dia, ainda não haviam sido propriamente batizados, então eram chamados de Vermelho, Azul, Verde e Preto porque coincidiu com uma época em que Gabriel assistia muito Power Rangers na Netflix.

— Filho, vem ajudar a mãe a descer a árvore do armário! — gritou Camila, ofegante, trepada em um cavalete. A caixa com a árvore que não era montada há pelo menos cinco Natais, quando Maitê foi adicionada à família, tinha uma camada de poeira tão grossa na superfície que era capaz de gerar crises de rinite até a virada do ano.

Gabriel apareceu no quarto, seguido por Caetano e Azul.

— Tira a fronha do travesseiro e amarra em torno do nariz, como se fosse uma máscara, tá? — orientou Camila. — Senão você vai passar a noite inteira espirrando.

Gabriel pareceu não escutar. Os olhos estavam arregalados de espanto, encarando a caixa que segurava como se fosse uma relíquia egípcia do tempo dos faraós, e não uma árvore falsa comprada em uma promoção das Lojas Americanas muitos anos atrás.

— Tá tudo bem? — perguntou Camila, um pouco alarmada, descendo os degraus do cavalete.

Ele balançou a cabeça dizendo que sim, mas quase não soltou a caixa quando a mãe a pegou para levar até a sala. As marcas dos dedos ficaram impressas na poeira como perfeitas impressões digitais. Sentaram-se no chão, rodeados pelos gatos. Os mais novos se aproximaram quando ouviram os guizos dos enfeites coloridos que saíam de outra caixa que Camila resgatara mais cedo do guarda-roupa.

Foi uma tarefa difícil, mas divertida. Assim que viu a árvore em pé, ainda que nua e sem graça, Maitê estreitou os olhos, como quem prevê o que não vai dar certo. Mas pelo menos a general manteve-se em seu posto de observação no sofá, coisa que não se pode dizer dos soldados mais novos, Vermelho e Preto, que logo se infiltraram nos galhos e perderam a batalha contra a gravidade, indo ao chão junto com a árvore.

Gabriel encarregou-se de pendurar os enfeites mais pesados na parte mais baixa. Separou um número igual de bolas vermelhas e douradas e encaixou-as alternadamente entre os galhos, todas a uma mesma distância uma da outra; quando já estava perto de fechar o círculo, deu de cara com Augusto escondido perto da base, batendo com a pata contra uma das bolas tentando derrubá-la. A cena lembrou-o de outro filme que assistiu escondido da mãe: *Rocky, um lutador*, com o personagem principal treinando contra um saco de pancada.

— *Psst*! — fez o garoto, repreendendo o gato. — Passa, Guto! Sai daí!

Camila, por outro lado, era responsável pela parte mais alta da árvore. Prendeu os penduricalhos mais leves, como os cubos embalados em papel de presente e os bons velhinhos, sentindo os olhares de Maitê e Caetano às suas costas, deitados no sofá. Percebeu que segurava as lágrimas de saudade da mãe. Quando não aguentou mais e precisou assoar rapidamente o nariz, disse ao filho que era a alergia atacando.

Juntos, suados e sujos depois de mais de uma hora no serviço de montar a árvore e despistar os gatos, mãe e filho jogaram-se no chão para observar o trabalho pronto. Uma grinalda comprida coberta de neve falsa passeava por todo o um metro e vinte de altura do pinheiro artificial; uma confusão de símbolos natalinos se pendurava sem sentido na parte superior, enquanto que na inferior pareciam ter sido milimetricamente calculados e encaixados. O pisca-pisca colorido dava vida à obra, como o pulsar de um coração tranquilo.

— Tá faltando alguma coisa — percebeu Gabriel.

Camila estralou os dedos e levantou-se de um pulo, quase como se tivesse levado um choque. Enfiou a mão no fundo da caixa de enfeites e de lá veio com uma grande estrela dourada de cinco pontas.

— O toque final.

Pegou o filho nos braços com um certo esforço e uma dose de dor nas costas; Gabriel não era mais um bebê, mas uma criança do tamanho da árvore que acabaram de arrumar juntos. Com o sorriso banguela de quem perdera os dois dentes de leite da frente na semana anterior, o menino encaixou a estrela e apertou o rosto da mãe contra o seu.

— Obrigado, mãe.

Camila não respondeu, mas beijou os cabelos grudados do garoto enquanto o colocava no chão e o mandava para o banho. Foi à cozinha com uma mão encaixada na lombar, sentindo que pagaria caro pela extravagância de levantar o filho. Lavou as mãos, abriu a geladeira e tirou as marmitas congeladas de comida. Com a mudança intempestiva de planos para o Natal, não deu tempo de preparar ou encomendar uma ceia típica: teriam que se virar com a comida de todos os dias mesmo. Talvez no dia seguinte pudessem ir comer as sobras na casa da irmã.

Distraída vendo o arroz girar dentro do micro-ondas, Camila assustou-se quando encontrou Gabriel atrás de si, os cabelos despenteados pingando água, vestido com duas peças de diferentes conjuntos de pijama. Deu de ombros, afinal, não iam a lugar nenhum.

Foi quando ouviu o guizo. Achou que fosse o vento da varanda balançando a árvore, mas o barulho parecia se intensificar, se aproximar. E então, com a leveza de uma pena e a destreza de sua raça, Maitê pulou do chão para uma cadeira e de lá para a mesa. Lambeu a pata e encarou os humanos, desafiando-os com seus olhos de cores diferentes. A cada movimento, ela tilintava como um brinquedo para crianças de até três anos.

— Mãe, acho que a Maitê comeu alguma coisa que não devia.

Para os não versados no convívio felino, algumas palavras de sabedoria: tentar descobrir o que um gato engoliu está no mesmo patamar de dor e dificuldade de fazê-lo tomar um comprimido contra sua vontade. Convicta de que os humanos existem exclusivamente para servi-la, Maitê considerou de uma ousadia ultrajante a perseguição que se seguiu.

Camila estava mais próxima e jogou-se contra a gata, mas ela escorregou do abraço com desprezo pelo esforço, não sem antes deixar as marcas das unhas na pele da mulher. Gabriel acompanhou com o olhar o rabo laranja que se meteu por baixo de suas pernas entreabertas e escapuliu para a sala, enfiando-se debaixo do sofá. O menino agachou-se e inocentemente tentou puxá-la, mas tudo o que conseguiu foram arranhões e tilintares, além da atenção dos outros bichos para a agitação. Já sentia dois dos filhotes, impossíveis de serem distinguidos apenas pelo canto de olho, subirem por suas costas.

O garoto ouviu os passos pesados da mãe correndo antes de senti-la puxar seu ombro para trás, afastando-o do sofá. Nas mãos, ela trazia a casinha de transporte que usavam quando precisavam levar um dos gatos para o veterinário. Colocou a caixa no chão, abriu a portinhola e, com uma expressão contente de quem teve uma ideia genial, arremessou o brinquedo favorito de Maitê, um ratinho de arranhar que fazia tanto barulho quanto o enfeite que a gata engolira, para dentro da armadilha.

Para os não versados no convívio felino, mais palavras de sabedoria: gatos são espertos, e Maitê não chegou a uma patente tão alta naquele Exército caindo em truques tão bobos. A gata laranja permaneceu onde estava e, por alguns instantes, fez-se silêncio no apartamento. Frustrada, Camila sentou-se no chão, apoiando as costas contra o sofá.

Com o fim da agitação, eis que da varanda surgiu Ernesto, voltando de mais um de seus passeios. Com um gingado dançarino de seu rabo alvinegro, ele observou a caótica cena e, surpreendendo a todos, entrou na caixa de transporte. Mãe e filho observavam enquanto ele dava uma volta dentro do cubículo, deitava-se e começava a cutucar o rato de Maitê.

Na mente da general, foi uma declaração de guerra. A gata disparou, saindo como uma bala peluda e tilintante de debaixo do sofá direto para a casinha, miando irritada e freneticamente pela audácia de seu subordinado, as unhas afiadas prontas para a punição do major. Ernesto percebeu, levantou a cabeça e evitou a fadiga: abandonou o brinquedo e saiu da caixa com a mesma tranquilidade com que entrara, dando espaço para Maitê tomar conta de seu território.

Pé ante pé, Gabriel levantou-se e cuidadosamente fechou a portinhola. Maitê o encarou estreitando os olhos, como se agora o desafio fosse fazê-la sair e não entrar. Ouviram um guizo e não souberam dizer se era do rato de brinquedo ou do enfeite engolido pela gata.

Como se despertasse de um devaneio acordada, Camila levantou-se e entrou no quarto. Voltou com a bolsa pendurada no ombro e mexendo no celular, mandando o filho calçar-se porque já estava pedindo um Uber para irem à emergência veterinária. Ela estremeceu ao ver o preço da tarifa dinâmica de uma corrida para cruzar a cidade na véspera de Natal, mas não hesitou: dessa vez, não haveria nada no mundo que a impediria de estar com sua família no hospital.

Quando já estavam os três acomodados no banco de trás do carro que aparecera para buscá-los, Camila suspirou e fez um cafuné desajeitado na cabeça do filho. Ele ainda estava usando o pijama desencontrado, a camisa dos Minions e a calça de Star Wars. Não que tenha sido escolha dele, mas provavelmente porque ela esquecera-se de colocar as roupas para lavar.

— Feliz Natal, mãe. Foi estranho, mas foi legal.

— Feliz Natal, filho. Estranho e legal parece ser uma coisa bem nossa, né?

Quando Camila estava quase cochilando de cansaço, ela escuta a voz distante do garoto.

— Mãe, você se lembrou de esconder a árvore dos outros gatos?

CAJUEIRO

Carlos Donisete

Ele não conhece nenhum mendigo ateu, todos os conhecidos são à toa!

"Quem vem de outro sonho feliz de cidade", do interior do interior, sabe bem: existe o herege oficial, o "papudim" oficial, o baitola oficial e a fome oficial!

A infância foi daquele jeito: bicicleta, autorama, velocípedes, sorvete, cinco refeições diárias... nem em sonho: "para quem vive na guerra, a paz nunca existiu". Todos os dias eram iguais; só sabia que era feriado porque a comida faltava *mais*. Já nos dias santos, o de comer era farto. Talvez venha daí o bem-querer dele aos santos.

A seca o deportou para outra cidade, onde as novidades foram intensas, cruas e vermelhas. Resultado: algum tempo com a liberdade restrita, seguido de mitos, fábulas e algumas verdades sobre a vida atrás das grades. O bom comportamento rendeu-lhe a "saidinha de Natal" e situações natalinas: lá, no interior, a destruição foi tamanha que ainda hoje os escombros têm fumaça. A residência, no subúrbio, foi tomada por traficantes e a você, leitor, não cabe maiores detalhes, ele não precisa de mais cúmplices!

A única opção possível era a praça: "poetas, profetas, putas sentados na praça". Praça do Ferreira onde os solitários, abandonados, doadores e genéricos se encontram: muita gente, muita solidão, muito Natal (torta de nozes, feijoada, arroz com passas, pavê, panetone, peru, *chester*, salpicão de frango, coral, música da Simone, orações, árvore de Natal).

Ele ficou em dúvida sobre qual melhor vida: aquela do interior, da infância, sem nada, mas entre familiares, ou esta, com uma abundância artificial entre estranhos?

"Um café, um cigarro, um trago", concorda com o poeta e vai além, mistura tudo para as coisas terem sentido — para ele!

Diz a lenda que quem come do cajueiro da mentira, da Praça do Ferreira, encontra a felicidade; pelo sim, pelo não, ele comeu um caju temporão. E já vislumbra dias melhores! O cajueiro da verdade ficou lá na infância!

Ele não conhece nenhum mendigo ateu, todos (inclusive ele) os conhecidos são à toa.

DESENCONTROS

CYNTIA TAVARES

Era cedo ainda quando Bernardo se levantou. O menino tinha pouco mais de nove anos, os cabelos ruivos e a pele branca. Seu ar de seriedade, as poucas palavras e a ausência de sorrisos davam-lhe a aparência de mais idade. Acordar disposto não lhe era comum, mas tinha uma agenda cheia a cumprir. As pessoas, em geral, criticam a agitação dos dias que antecedem o Natal, mas o fato é que a maioria inventa um monte de compromissos inadiáveis, como se o mundo fosse acabar ali, assim, *plaft-pluft*. E no dia 24 de dezembro tudo isso se intensifica.

Escovou os dentes rapidamente, passou gel no cabelo e vestiu-se com uma de suas roupas de marca. Calçou o tênis com certa dificuldade, tão poucas vezes usara aquele tipo de calçado. Filho único de um grande industrial do interior de São Paulo, nunca lhe faltara nada — ou quase. Desde que a família se mudara para a capital, havia dois anos, ele mal via o pai, Júlio, que lhe compensava a ausência com presentes tecnológicos de toda ordem. Ainda lhe restava a mãe, mas ela também ganhava os seus mimos e vivia ocupada na função de gastá-los. Roupas, sapatos, bolsas, tudo precisava ser exibido o tempo todo. Mas era Natal e, não se sabe por qual razão, ela lembrara, na noite anterior, que tinha um filho.

— Bernardo, o que você quer ganhar? Se bem que o seu pai prometeu enviar aquele iPhone novo, né? — lembrou arrependida, mas já tinha feito a pergunta. Por questões tão pessoais e subjetivas, tão mal resolvidas e sofridas, existem mães que vão esquecendo os seus filhos, e era isso que acontecia naquela casa. Os empregados, um para cada atividade, iam assumindo as funções de alimentar e levar Bernardo aos compromissos. Fosse o menino mais falante um pouquinho, teria feito amizades com aqueles serviçais, mas já não era criança, e seus diálogos monossilábicos não passavam de comandos de um pequeno adulto.

— Quero passar o dia com você, mamãe. Vamos de manhã ao parque, almoçamos juntos, e depois ao *shopping*. Quero ver um filme no cinema, fazer um lanche e... — Esforçava-se para lembrar de todas as coisas que ouvia os seus amigos contarem sobre os seus finais de semana. Desejava mesmo ficar isolado em seu quarto, desafiando os limites e quebrando recordes próprios nos seus *videogames*, mas percebeu que nunca teve essa experiência de que os seus amigos tanto falavam e, como estava sempre acostumado a ter tudo, queria isso também. Não por querer exatamente, mas para não deixar de ter.

Lúcia ainda dormia às seis e meia da manhã, obviamente. Na verdade, nem sabemos se ela ouvira o pedido do filho na noite anterior, tão envolvida estava com o programa televisivo. Mas o menino estava totalmente absorvido pela ideia de aproveitar ao máximo aquele dia e foi acordá-la.

Ela era jovem quando se casara, por amor, aos vinte. Filha de advogados muito bem-sucedidos, fora criada para fazer um excelente casamento do ponto de vista financeiro, e isso a incomodava desde cedo, pois herdara de sua avó materna os sentimentos, o romantismo, a crença de que se casaria com um príncipe encantado por quem se apaixonaria. Por sorte — ou, nesse caso, azar — ela amou Júlio desde o primeiro instante. Não sabia que ele não era homem de amar pessoas. Dedicado aos negócios da família, era um infeliz, desses doentes pelo trabalho que não conseguem estar bem em mais nenhum lugar que não o escritório. Já estavam juntos havia 15 anos. Ela se acostumara, se é que é possível se acostumar ao desamor. O fato é que a vida estava cheia de desencontros assim, que a gente vai deixando passar porque nem se dá conta de que pode-se alterar o curso das coisas. Se é verdade que quem ama sempre amará, talvez Lúcia tenha amado fora do casamento, mais de uma vez, quem sabe.

Tomou um susto quando viu o filho ali, em pé, chamando por seu nome repetidas vezes. No primeiro instante achou que era um sonho, mas foi aos poucos despertando e, quando ouviu Bernardo relembrá-la dos planos, quis dormir de novo. Tentou explicar que não acordara muito bem, mas nada adiantara. Conhecia o filho, sabia o quanto o havia criado mal, atendendo a todos os seus pedidos em troca do silêncio fácil. Vencida, ela mudou o foco. Lembrou-se do vestido floral novo e fantasiou — acabava sempre presa às armadilhas do consumo. Comprava para ficar feliz, mas quando voltava para casa era sempre carregando o peso da melancolia, que nem se comparava ao das sacolas de compras.

— Vou me arrumar — respondeu ao filho, que a essa altura já lhe gritava em fúria e desespero. Tinha esperanças de que ele logo desistiria de tantas atividades assim, todas juntas.

Era domingo, e a mulher estava sem os seus empregados rotineiros. Gostava da mesa posta por vaidade, mas não comia, e pelo mesmo motivo. Deu um achocolatado ao menino e saiu bebendo um desses iogurtes com baixas calorias. Como já não dirigia havia tempos, achou melhor chamar um táxi, e assim seguiram.

O dia nascia em São Paulo enquanto o carro deslizava por suas largas avenidas. Aos poucos, a cidade mais populosa do Brasil ia sendo ocupada por diferentes etnias, idades e culturas. Que riqueza de gente vive ali. Um espetáculo sem audiência, pois mãe e filho teclavam. Já não estavam num programa juntos. Um dia estiveram?

— Chegamos. — O silêncio foi interrompido pela voz rouca do motorista.

Era Natal, e, da janela do automóvel, dava para ver as famílias espalhadas no parque. Reuniam-se em risos e abraços. Um colorido lindo misturava fauna e flora. Mãe e filho, tal como dois estranhos, entreolharam-se e, em singular cumplicidade, comandaram:

— De volta pra casa, por favor.

Eles não eram uma família, não tinham cor e não queriam estar ali, nem mesmo no dia 24 de dezembro, quando tudo se potencializa, inclusive os desencontros.

VISITA SURPRESA

DIANA PINHEIRO

24 de dezembro. Já passava da meia-noite. Acordei com um barulho na fechadura da porta de entrada do meu apartamento. Senti alguém entrando, um misto de medo e raiva tomou conta de mim. Por que essa minha mania de deixar sempre a porta aberta?

Estava resolvendo com meu psicólogo essa questão do medo de ser excluída. Eu pagava caro agora. Parecia que o tempo havia parado e aqueles passos cuidadosos e lentos não chegavam em meu quarto, que ficava logo no começo do corredor com entrada para a sala onde se encontrava não sei quem. Nossa distância era mínima para eu pensar em alguma saída de emergência junto com meus quatro filhos.

Pensei que devia fazer de conta que estava dormindo. Mas e se algum dos meninos estivesse acordado? Prefiro que façam algum mal a mim do que toquem nos meus filhos. Não havia condição de eu estender o braço para pegar o telefone que estava ali, muito perto de mim — eu estava paralisada. O máximo que podia fazer era virar para o outro lado da parede para fazer de conta que estava dormindo; talvez ele, o ladrão, resolvesse apanhar o que estava procurando e fosse embora.

Ele estava chegando, eu podia sentir a respiração dele. Parou um instante. Eu sentia o olhar dele sobre as minhas costas. Meu coração agora fazia um barulho tão insuportável que eu tinha certeza que ele sabia que eu estava acordada.

“Meu Deus, me ajude, eu prometo que nunca mais na minha vida me esqueço de fechar essa maldita porta”, pensei.

Não sei quanto tempo ele ficou ali me observando parado, calado. Então vi que ele saiu do meu quarto e se dirigia para o quarto de meus dois filhos menores. Comecei a me mover devagarinho, no mesmo ritmo que ele, escorregando pela cama até chegar ao chão, apoiada por minhas mãos. Olhei para a direção da porta e vi aquele casaco pesado entrando no primeiro quarto.

Esperei não sei o quê. Acho que o grito do meu filho pequenininho. E tive muita vontade de levantar e pegá-lo de surpresa, mas vi que ele estava saindo do quarto e se dirigindo para o segundo quarto, onde estavam os dois mais velhos. Eu não entendia o que estava acontecendo ali, aquela ameaça não fazia sentido. Foi quando vi o invasor saindo do quarto e se virando em minha direção...

Meu Deus, era o meu sogro, o meu querido sogro, falecido havia uns seis meses. De repente ele foi desaparecendo junto com meu medo, e eu descobri ali que era o meu Papai Noel que estava deixando a sua benção como presente de Natal.

UMA ORGIA DE NATAL

Filipe Pinho

O bom velhinho já subiu no trenó com desgosto. Pensando bem, o cara passa o ano administrando uma fábrica de brinquedos e no único dia que pode sair é pra entregá-los. Em algum momento ia dar errado. No meio do caminho resolveu que seria diferente. Baixou a versão de "I wish you a merry Christmas" interpretada pelo Metallica e, com rebeldia no olhar, partiu para a primeira entrega.

Não quis saber de cronograma. Ia decidir por onde começar! No primeiro lar, jogou os brinquedos em cima de uma cadeira qualquer e dispensou o leite com biscoitos deixados pelas crianças. Em vez do lanchinho, foi à adega e se serviu com três generosas doses de um saboroso uísque dezoito anos. Repetiu o ato transgressor nas duas casas que se seguiram, de forma que partiu muito doido para a quarta.

Estacionou as renas de qualquer jeito no jardim e, com o vigor de um Papai Noel trinta anos mais novo, desceu a chaminé de cabeça pra baixo. A centímetros da lareira, percebeu um cheiro de velas aromáticas e o som suave da voz do Marvin Gaye que tocava ao fundo. Tinha gente, melhor voltar. O teor alcoólico, contudo, não permitiu a destreza do retorno em segurança. Papai Noel caiu de cabeça, assustando os três casais nus que desfrutavam de uma orgiazinha de fim de ano.

—Meu Deus, existe Papai Noel!—exclamou um dos pelados.

— Uhuu, caí num bacanal! — surpreendeu-se, contente, o velhinho.

O encontro mágico e erótico se deu numa sala ampla cercada por velas. Os corpos nus, à meia-luz, mesclavam-se ao piso amadeirado que, besuntado de óleos perfumados, brilhava.

— HO, HO, HO — gritou o Papai Noel, já desabotoando a camisa vermelha que apertava o pescoço. Cláudia, anfitriã da farra, viu a oportunidade de tornar inesquecível aquele momento:

— Papai Noel, que surpresa maravilhosa. Venha aqui... Se envergonhe não — disse Cláudia.

— HO, HO, HO... — repetiu Noel, já sem blusa e acariciando o mamilo direito em ritmo da música "Sexual healing".

Cláudia ajudou o bom velhinho a se despir, enquanto os demais participantes espalhavam óleos naquele corpo pseudoalbino. Papai Noel se entregava aos prazeres da carne. Como um engrenado sistema, todo o grupo focou as carícias no barbado, transformando o bacanal do início em um delicioso bacanoel.

E foi um tal de empurra pra cá, puxa pra lá, chega pra acolá... Cláudia se assustou com o vigor do velhinho, que mantinha o sino sempre tilintando.

— Pega leve, Noel, não estou mais aguentando — desesperou-se um dos membros que levava uma bela surra do velhinho de quadris frouxos e ágeis.

— Cadê seu espírito de Natal, jovem? — desdenhou o velho fogoso.

Após horas de um mágico e dinâmico sexo grupal, todos dormiram sem dores em qualquer parte do corpo: um verdadeiro milagre natalino. Amanheceu, e os seis participantes, todos nus, despertaram devagar e um pouco atordoados. A ausência do idoso safadinho os fez questionar a realidade da noite anterior.

Cláudia, que acreditava em Papai Noel, correu em direção à porta de entrada, onde estava sua árvore de Natal. Emocionada, certificou-se de não ter sido uma noite em vão. A decoração natalina fora substituída à sua revelia e a casa mais parecia um *sex shop*.

Em um envelope que estava bem ao lado da árvore, uma linda cartinha com os dizeres: "HO, HO, HO... Próximo ano, trarei Mamãe Noel... E nada de se comportarem, seus danadinhos... HO, HO, HO!".

ÚLTIMO GRÃO

IANNA KARLA ARAÚJO MATOS

A ampulheta de areia lilás marca mais uma hora. Mais uma hora pálida desse ano que se aproxima do último grão. Na tela luminosa, a derradeira petição de 2017. O *site* do Tribunal de Justiça exibe a mensagem: protocolada com sucesso. "Sucesso"... palavra escassa no vocabulário de Marta nesses duros tempos.

Pela janela do escritório, no décimo quinto andar, Marta espia os passantes. Daquela perspectiva, miniaturas humanas carregando sacolas de presentes, a balançar freneticamente num movimento pendular.

Marta respira fundo, recosta na cadeira e reflete se ainda convém desempenhar algum papel no elenco natalino. Há meia década, estaria ombro a ombro com os pedestres lá embaixo, competindo pela atenção dos vendedores, na busca implacável pelos melhores presentes. A garota adorava presentear. Dizia que melhor que receber um regalo era presenciar o contentamento do presenteado.

Mas isso foi antes, quando a moça se sentia potente, capaz de mudar o mundo e a vida dos seus entes queridos. Aluna aplicada que era, sempre achou que a carreira de advogada lhe traria os louros tão sonhados, reconhecimento, uma boa poupança, prêmios no meio jurídico. Por que não?

Contudo, cinco anos se passaram desde a formatura, e a mulher se sente não mais que medíocre, trabalhando com quem não gosta, defendendo o que não crê. Às vezes pergunta-se quando foi que abandonou sua personalidade idealista, em que esquina deixou cair seu brio.

Ela não lembra. Só lembra que costuma sentir-se sempre com sono. E que antes de dormir pensa em tudo que quis ser e pensa em ser outras coisas. Não foram poucas as ocasiões em que, depois de um dia enfadonho de labuta, pensou em largar tudo. No entanto, lhe ocorre que há contas a pagar ao fim do mês e a sua ousadia, já enxovalhada, logo se esvai.

O Natal costumava ser coisa alegre. Hoje, o 24 de dezembro é um pavor! É sinônimo de encontrar a parentada insensível, sempre dedicada a atirar avidamente perguntas que só vão lembrá-la do quão cinza sua vida parece. Não casou, não noivou, nem está apaixonada.

Mestrado, não fez. Concurso, não quis.

Seria só mais uma noite azeda, como o cheiro azedo que sentia ali, inexplicavelmente. E Marta enfrentaria a ceia de Natal da família com indiferença, não fosse a profunda melancolia que se alojara em seu peito nas últimas semanas. Passara dezembro numa apatia. Sentia que sua vida era uma página em branco. Mas não de um modo otimista. Não se tratava de uma folha em que poderia escrever o que lhe aprouvesse, levando a vida para rumos auspiciosos. Era uma folha em branco e somente. E à Marta faltava a tinta da esperança para preenchê-la de cor.

Fita a mesa, desliga a máquina sobre a qual se debruçou a trabalhar nos últimos anos, talvez mais do que devia. Mira a janela novamente, mas parece que é a janela quem lhe observa. Sente-se atraída. Essa sensação já lhe havia assaltado de outras vezes, mas nunca sem uma culpa pesada, que lhe fazia desviar o olhar do vidro com a vergonha de uma criança que foi apanhada cobiçando moedas dos pais.

Dessa vez, uma profunda serenidade lhe toma, quase plenitude. Abre a tranca, descalça os odiosos sapatos de salto que lhe exigia a profissão, empurra a janela e sente a brisa da noite. Mente para si que dominaria a arte de voar, como que para tornar poético o momento. Lança-se ao vão e começa a cair dos quinze andares que lhe separa do chão. Sente seu braço úmido.

É chuva? Não está chovendo. Incrível como a queda parece lenta, ao passo que seu pensamento parece acelerado. Sente mais gotas de água em sua cabeça, mas é como se só chovesse sobre si. Seria assim morrer? E antes que chegasse ao solo, é engolida por uma escuridão, como se a rua se quebrasse ao meio e se fechasse como um livro.

— Melina, a mesa está posta e só falta você! — disse a mãe aos berros, enquanto entrava no quarto da primogênita, no que Melina cerrou o caderno em que escrevia num golpe assustado.

— Ainda de pijama? E nem tomou o leite que eu te trouxe de manhã? — completou a senhora, enquanto retirava do birô da filha o copo de conteúdo azedo. Parou de gritar ao ver a menina em prantos. Olhou para o caderno regado de lágrimas e entendeu. Beijou a fronte de sua pequena e retirou-se dizendo: — Te espero na sala, meu bem.

Melina levantou-se, ombros baixos, abriu o guarda-roupa e puxou qualquer pano de lá de dentro. Qualquer coisa serviria. Havia acabado de matar a personagem que lhe era mais cara, pela necessidade de manter a lógica do romance que estava a escrever. Aquela não seria uma "noite feliz".

MISTÉRIO DE UMA NOITE

ÍRIS CAVALCANTE

O Sertão ardia. A Caatinga estorricada revelava escassez: água não havia, nada brotava da terra. Pessoas do lugar andavam obra de um terço de légua para conseguirem uma lata de água. Carcaças de animais completavam a paisagem do semiárido e, de quando em vez, avistavam-se de longe urubus fazendo festa.

Severino era um entre aqueles meninos magros com abdomens protuberantes e narizes catarrentos que se espremiam no corredor que adentrava a igrejinha amarelecida pelo tempo. Ficava em distância grande da última das casas, percurso que todos faziam com os pés em chinelos e as mulheres com suas melhores roupas e banhadas em lavanda de alfazema.

Era a sério que elas levavam o compromisso de irem à igreja, via-se pelo florido dos vestidos e o excesso de *rouge* na cara, ainda mais quando sobreveio o falatório de que algo muito estranho havia por lá, nada nunca jamais sequer visto nas redondezas, trancado numa sala e que somente seria revelado naquela noite. Seria algo com o padre que vinha da cidade somente para aquela celebração? Imaginação ia e vinha no decorrer da travessia. Enquanto mulheres rezavam terços e faziam o abençoamento de seus meninos, eram assaltadas por superstições, lendas e maldições das mais variadas.

— Será que vai aparecer a mula sem cabeça? — comentava uma sobre o boato profano de que o padre era metido a namoricos.

— Cruz em credo! — bradava outra, fazendo tão rude quanto rapidamente o sinal da cruz, como se com o gesto fosse absolvida do pecado de ter pensado a mesma coisa.

Ao chegarem à igreja, todos espiavam o que havia além da parede, através das frestas do reboco deixadas pelo tempo e da falta de cuidado do lugar. Aglomeravam-se no estreito do espaço, onde misturavam-se aos cheiros de alfazema, suor e poeira. Severino observava atento, embora inquietamente, toda aquela movimentação.

Uns tentavam decifrar os fragmentos do que viam como engano, outros desdiziam que não era nada daquilo. Apesar da dúvida que os instigava, sabiam que aquelas paredes os separavam de algo de inédito, um grande acontecimento, algo nunca jamais sequer visto e com o poder de mudar tudo: o dia em noite e a noite em dia. Juntando-se a ignorância à imaginação, não conseguiam discernir se a coisa era de bom ou de ruim, mas de jeito sabiam que seria de estarrecer toda a gente.

Homens tiravam o chapéu em sinal de respeito no acompanhamento da reza das mulheres; os de menor fé davam uma rabissaca, zombeteiros; outros e outras de maior fé ajoelhavam-se para dar sequência ao balbucio do terço.

— E depois do creio em Deus Pai? — cutucava uma perguntando à outra, que também não sabia o desenrolar das contas do terço.

Mais à frente, uma das senhoras de mais idade movimentava mecanicamente os beiços flácidos pela falta dos dentes e percebia-se pela desconcentração que a reza não ia além de uma fracassada tentativa. Outra fazia as vezes de benzedeira, e todos reconheciam-na pelos ramos de ervas da reza, que levava consigo nos bolsos do vestido desbotado. Era erva benta. Se tivesse um menino de moleira baixa ou com quebranto, a velha senhora era reivindicada onde quer que fosse e ia com a satisfação e o merecimento de quem tinha o poder de salvar uma vida. E cantava com sua dicção atrapalhada:

— Da cepa brotou a rama, da rama brotou a flor... — Embora não fizesse ideia do que fosse a tal cepa.

E todos continuavam:

— Da flor nasceu Mariiia...

Severino era daqueles meninos travessos. Enquanto alguns de seus iguais pareciam zumbis, indolentes da indisposição causada pela verminose ou encabulados escondendo-se pelos cantos, ele era o contrário. Não tinha lá muito saber, mal assinava o nome, porque a escola do lugarejo havia fechado, mas tinha uma perspicácia e curiosidade naturais que o faziam diferente dos outros pobrezinhos, tadinhos, doentinhos e famintinhos. Não se sabe de que se alimentava para ter tanta energia, ia para a Caatinga e voltava feliz e saciado, trazia imbus e água numa cabaça.

Em noite de lua cheia, ouviam vozes de notícias de lobisomem. Todos reagiam uníssonos:

— Ohhhhhhh...

Numa dessas noites, Severino machucou-se em sua lida pelo agreste e não conseguiu voltar para casa antes da lua trocar de lugar com o sol. A mãe aos prantos, não se sabe se preocupada com o filho ou com a boataria do povo, que nada tinha a fazer para ocupar o vazio do tempo senão imaginar causos. Contavam causos, a mãe chorava. Quanto mais enriqueciam os causos de detalhes, mais a pobre mãe chorava.

Muito embora a mãe tivesse passado a noite aos prantos pela falta do filho, quando Severino voltou não teve abraços nem "graças a Deus" nem "louvado seja Nosso Senhor Jesus Cristo", foi o cinturão do pai que o recebeu, até minar sangue de suas costas descarnadas, e ele segurava o choro e ria com a inocência de uma criança brincando de ser herói. Quanto mais Severino ria na sua ingenuidade, querendo conquistar a admiração da mãe pela sua valentia, mais a mãe, enraivecida, espancava-o.

O pai, inválido de nunca ter trabalhado, foi com remorso que assistiu à cena. Foi com remorso que viu o filho em quase desfalecimento e não fez nada e nada fez. Foi com remorso que lembrou onde estava na noite de véspera. Ah, ele lembrou? Afinal, onde estava o pai, enquanto somente a mãe chorava pela ausência do menino? Mas o valente e intrépido Severino voltou a si a tempo de recuperar-se para acompanhar a mãe na peregrinação à igreja. Ela era uma das que puxavam o terço, crente de que a reza anularia sua crueldade e garantiria sua entrada no Reino de Deus.

E lá estava Severino, na igreja, espremido entre os adultos. Ele não ficava entre meninos e meninas de sua idade, mas sim entre os mais velhos, porque julgava aprender com eles o que aprenderia na escola, se escola tivesse, já que todos os professores tinham que ser adultos como eles — era a sua lógica. Mal sabia que mais fácil seria ele ensinar algo àquelas miseráveis criaturas... Severino queria ser professor, boiadeiro, plantador, só não queria ser inválido como o pai nem raivoso como a mãe.

Foi ele, o astuto, inquieto e curioso Severino, que rompeu o isolamento da sala que guardava o segredo. Não se sabe que peripécia ele aprontou, mas quando todos deram por si, ele pulava como um herói do telhado para a sala trancada e esbarrou justamente na porta que separava o grande mistério daquela aglomeração de gentes.

A fechadura enferrujada da porta fez *trac* e abriu-se, revelando a todos o mistério da noite. Nada do que imaginaram: nem o padre namoricando, nem a mula sem cabeça, nem a real identidade do lobisomem...

Não.

Apenas algo nunca jamais sequer visto ou imaginado por ali. Severino, que não coube em si de curiosidade, agora não cabia em alegramento, ao contemplar com olhos ávidos o primeiro presépio que vira.

QUEM MATOU DONA JULIETA?

IUSTA CAMINHA

— Só pode ter sido ela!

Bia sentou-se em um dos degraus da escada e olhou pelas frestas do corrimão. Espremeu os olhos e aguçou os ouvidos tentando decifrar o que estava acontecendo na sala de jantar.

— Não há a menor dúvida que foi ela, eu vi, ela estava lá!

Por certo era uma discussão; todos falavam ao mesmo tempo em um burburinho frenético. Apontavam dedos, faziam cara feia. Tudo bem diferente do que se espera de uma noite de Natal.

Na verdade, estava tudo tão estranho que Bia já considerava a possibilidade de não receber a visita do Papai Noel naquela noite. Seria a primeira falta em sete anos.

Sua avó acabara de passar mal em plena ceia de Natal. Disseram que ela havia se engasgado enquanto comia. A correria foi grande. Todos tinham uma manobra para aplicar em Dona Julieta, e a pobre senhora passou de mão em mão até ser levada pela ambulância.

E agora aquela briga... Bia sentia-se só e amedrontada, encolhida naquele degrau de escada, tentando não ser notada. Porém, aos poucos, a expressão no rosto da menina parecia mudar. O medo foi substituído pela curiosidade, um sorriso de canto de boca apareceu. Aquela discussão estava ficando animada.

— Foi ela! Ela sempre se mete onde não é chamada. Primeiro o panetone, depois o salpicão, o pobre arroz branco e até a farofa do peru. Tudo faz parte de um plano diabólico para dominar o mundo.

— Opa, opa! Espera aí! Eu estava lá, sim, mas não estava só. Tinha arroz, peru, tender, e Dona Julieta já tinha até provado a sobremesa. Ah, e não se esqueçam da taça de vinho!

— Ela só quer nos colocar uns contra os outros, não caiam nessa!

— Pois eu digo que isso é puro complô racista. Havia pelo menos uns duzentos grãos de arroz branco ao meu lado, mas vocês culpam quem? Quem? A única negra. Deviam olhar para o peru, que tem um forte motivo para praticar um crime: vingança.

— Nem vem com essa, superei isso faz tempo. Gerações e gerações de terapia, uma fortuna gasta em psicanálise. Hoje sou uma criatura evoluída, sei do meu papel na sociedade. Mas vejam o tender, olhem quanta gordura ele tem. Deve ter entupido todas as coronárias da pobre mulher na primeira garfada.

— Como vocês estão desatualizados, estagnados em conceitos antigos. Nunca foram ao "nutri" não? Sabe-se hoje que mais mal faz o açúcar. Quem mandou a velha comer sobremesa antes mesmo de jantar? Deve ter tido um piripaque por conta do pudim de morango.

Bia já não conseguia segurar a gargalhada, mas se levantou rapidamente ao ver a mãe entrar em casa.

— Filhinha, você ainda está acordada? Deve estar muito assustada depois de tudo que presenciou hoje. Vamos deitar um pouco com a mamãe. Seu pai ficou tomando as providências necessárias para o velório.

— A vovó morreu?

— Infelizmente sim, filhinha. Foi a vontade de Deus.

Antes de seguir a mãe pela escada, Bia deu uma olhadela para a mesa de jantar. Todos, uva-passa, arroz, peru, tender e pavê de morango olhavam enfurecidos para o crucifixo pendurado na parede.

— Ah, não... Podem parar. Não coloquem a culpa em mim, eu sou só o filho... Além disso, hoje é meu aniversário, não sejam cruéis comigo!

TRIO

JULIANA MARINHO

Nascer

Não era hora de nascer. Na hora H sempre pensava isso. Parecia tão tarde. Nos dias de hoje, completava: muito menos o dia! Quem teria olhos para ver? Na rua, todos passavam correndo, apressados para as últimas compras de Natal. O burburinho das pessoas, o som dos laços de fita, embrulhos, papel em sacos plásticos, e lembravam, sabe-se lá por quê, laços, os camelos e o silvo do deserto de outrora.

Preparava-se dolorosamente para nascer mais uma vez. Era a hora. Era chamado. Não se lembrava de tempo que não tivesse sido difícil. Iria nascer mais uma vez, sabia, a frio, com fome. Esperava pelas mãos carinhosas que amparariam o seu nascimento. Por Deus, elas viriam. Mas também, por Deus, quantos sofrimentos. Já sabia do cálice, o pai o preparara. Sinto, amarga é a vida.

No dia de hoje, na vigília que fazia, menos por se aproximar a hora e mais por hábito e orientação paterna, o fundo dos olhos adivinhava o recorrente desespero. Repara, as pessoas se abraçam como se fossem morrer. Comem como se fossem morrer. Compram como se pudessem deixar de morrer. Ele sentia a morte desde antes. Desde agora, pronto, agorinha, sentindo contrações como se fosse nascer. Ainda não sabia que seria vida eterna.

Sentiu que começava a nascer por mexer por dentro. Na água é mais fácil o amor. Naquele silêncio de antes, na pulsação original da vida, balbuciou, no burburinho daquela noite quando todos os pensamentos se elevavam aos céus, naquela babel, sua própria oração: Pai, eu não sou digno, mas estou pronto, entrei e fazei do meu coração a sua morada e do meu nascimento...

O Natal de Napoleão

Não. Napoleão não é um cachorro. Ou talvez seja. Pensar que seja o próprio, com condecoração, fita azul e mão sob a casaca, é um pouco demais. Naquela noite Napoleão entrou agitado, virando a casaca ao avesso pelos braços afora. Estava feliz como não cabe a um imperador. Feliz com certa ingenuidade e alívio: só por aquele dia não perderia a guerra. Era Natal! Jogara a casaca na sala iluminada e aquecida pela lareira cheia de fuligem. O fogo crepitava, esquentando suas mãos, e o aroma da madeira lhe aquecia por dentro. Estava entusiasmado. Era inevitável não pensar em sua mãe. Pensava nas conquistas que faria e em sua mãe, nas batalhas que venceria e em sua mãe. Para avivar a memória, depois de atiçar o fogo, apalpou o ventre e tirou da algibeira o que todos no futuro pensariam ser uma úlcera, mas era um retrato. Um tanto amassado nas pontas. Trazia-o sempre junto ao corpo para proteção e esconjuro (se ele fosse brasileiro) ou algo que o valha. No retrato um menino, em frente a uma lareira, brincava com seu pequenino e irrequieto presente. Um cão de pelos longos e dourados lambia-lhe a cara.

— Napoleão! — ainda teve tempo de dizer. — Cuidado, a árvore!

Oração

A geladeira oca virada ao avesso estava repleta. Arrastava-a lentamente rua afora. Fazia tempo que escurecera. Tanto tempo que dali a pouco amanhecia. Apertou o passo, o caminho parecia não ter fim, alongava-se na ladeira sem misericórdia. José parou, tomou fôlego para cumprir seu último percurso antes de chegar em casa. Respirou fundo, sentindo o frio da noite machucar a mucosa das narinas dilatadas. Olhou para o topo da pilha da carroça, avistando o achado. Amarradinho lá em cima, o que estava na calçada de onde vieram todas as suas coisas, o menino de braços sempre abertos. Aproveitou a pausa forçada pelo cansaço para observá-lo melhor. Desamarrou-o. Era pequenino, segurava-o com uma só mão, enquanto com a outra examinava seu corpinho. Esqueceu-se de si enquanto prendeu-lhe a mão, como se criança viva fosse. Pensou nos seus... Caiu em si quando notou o pescoço colado. A linha escura de cola, pensara sorrindo, parecia até ceroto de criança depois de muita brincadeira. Passou o dedo por aquela marca e imaginou que uma lixinha fina resolveria aquilo. Daria um jeito, pensou, gostou das cores. O azul-clarinho dos cueiros com florezinhas estava bem pintado, apesar de faltar sem volta uns caquinhos de gesso nos dedinhos dos pés. Do profundo da noite, disse à criança:

— Na tua frente, Menino Deus, nada mais do que um pedinte. Arrasto essa carroça de dores. Apeguei-me a elas. Apaguei-me por elas. Deixo aqui o carrinho de tralhas de lado, para louvar-te, mesmo cansado e tão sujo, afinal hoje não deixa de ser o seu dia! Retira, Menino, como a poeira dos ombros, as dores do mundo. Amém.

E o mundo rangeu.

Padre Pequito, lá de Mulungu

Juzefina Menezes

— Vixe Maria, valha-me Deus, a radiadora da igreja está tocando.

A radiadora da igreja do Mulungu, no Ceará, servia para anunciar qualquer assunto importante, só que era sempre comunicado de falecimentos, missa de corpo presente, velórios e poucas vezes uma missa de sétimo dia ou alguma informação sobre o dia a dia da paróquia. Por isso, quando a radiadora começava a tocar, todos ficavam de orelha em pé e sobressaltados.

Padre Pequito, lá do Mulungu, era um vigário muito trabalhador e honesto. Nasceu na Beira Baixa, Portugal, e depois de ordenado, em 1912, veio fazer carreira no Brasil. Fez uma congregação Mariana Masculina de admirar toda a redondeza daquele pico de serra do Baturité.

Ele organizava as festas da igreja com muita animação. Eram músicas, quermesses e leilões. Mas não queria nem saber de jogo de azar. Virava o cão comendo mariola se surgissem com essas empreitadas para cima dele. Em uma das festividades, alguns espertos colocaram jogo de caipira e de roleta. Ele descobriu e desceu aos pinotes as dezenas de degraus da escadaria da igreja, com dois sacristãos incorporados de jagunços. Mas era ele mesmo que virava as bancas com os jogos montados na praça, numa fúria que quase fazia da serra sertão.

Quando Padre Pequito metia a mão na batina, todo mundo dizia que ele tinha era um revólver, mas quando foram examinar ele pegava mesmo era no crucifixo que trazia no peito por baixo da batina. Devia ser pedindo luz ao Senhor.

Mas as festas eram a alegria da cidade, e a fama do padre festeiro já corria todo o Maciço de Baturité. Faziam tanto sucesso que incomodaram os altos escalões da Igreja Católica, afinal "ele estava ali para ensinar a rezar, e não a dançar", falavam as beatas maldosas. Então, Padre Pequito foi transferido. Depois disso, só passava por ali a passeio. Um dia, Padre Pequito, já aposentado, de férias em Guaramiranga, cidade vizinha a Mulungu, soube que a missa do domingo de Natal não ia acontecer porque a paróquia estava sem padre. Ele mandou avisar que podiam tocar o sino para missa de nove horas, que ele iria celebrar. Nesse dia, ele celebrou a missa até o meio, quando ao levantar a hóstia, no momento da consagração, passou mal e caiu em pleno altar.

— Vixe Maria, valha-me Deus, a radiadora da igreja está tocando.

Falece, em Mulungu, no dia 3 de julho de 1956, durante a celebração da missa, o Padre José Antonio Pequito, jesuíta, que foi pároco daquela cidade (ver <www.ceara.pro.br/fatos/MenuHistoriaVerbete_21_10_2011.php?pageNum_leituraselecao=2071&totalRows_leituraselecao=31932>).

A mudança da data da morte de Padre Pequito em meu conto ocorreu devido à proposta de escrita, no Ateliê de Narrativas de Socorro Acioli, de algo inusitado em um Natal. Foi quando atrelei o tema Natal a uma circunstância curiosa. Sem deixar de incluir outros fatos e com o adágio quem conta um conto acrescenta um ponto, meu conto tomou forma.

Essa história é uma de muitas que escutei e escuto do meu amado pai, João Evangelista Martins, de Mulungu. Um grande contador encanta a mim e a todos com a sua oralidade, com seu entusiasmo de vida, construtor de belíssimas histórias, que me inspira sempre e a quem dedico este conto.

DAVI

KLAUSNEY MUNIZ

Metido no paletó risca de giz para ir ao culto dominical, Marcus notou o filho de oito anos que, eufórico, conversava trivialidades com a mãe. A mesa do café da manhã esbanjava uma variedade de panetones caseiros, salada de frutas em travessas e fatias recheadas com geleia e margarina — uma fartura que destoava da desgraça iminente. No canteiro da sala ao lado, a árvore de Natal parecia uma anfitriã do banquete: a estrela encarapitada no topo e os pisca-piscas ziguezagueando ramos esverdeados e vistosos. Logo abaixo, uma pilha de embrulhos, a maioria dissimulando o verdadeiro conteúdo: ora o vazio se escondia por detrás, ora uma folha de papel amassada para avolumar o *presente*.

Registrado numa tela de linho, provérbios em letras garrafais chamavam a atenção dos visitantes, às vezes encorajando comentários efusivos, às vezes, o silêncio. Amélia, cuja reputação de esposa e mãe dedicada servia de exemplo para a comunidade, alimentava a crença do pequeno Davi nos protagonistas da data festiva: Papai Noel e Jesus Cristo.

Um pouco atento no jornal, Marcus preenchia as lacunas da fala da mulher. Ele e a cônjuge (dois primos que viraram dois amantes) faziam questão de disseminar o principal ensinamento da família Peixoto: veneravam a coragem do Salvador, ao passo que também aprenderam a amar o velhinho que ostentava o gorro e a barba branca. "*Truque do capitalismo? E daí?*" Por trás da existência mentirosa do morador do Polo Norte, uma realidade urgente: embriagadas pela inocência, as crianças precisavam de uma criatura para entendê-las e trazê-las presentes — embora fosse difícil admitir, a felicidade estava no Nintendo de última geração. Ao mesmo tempo em que valorizavam os mais velhos, praticavam o altruísmo. Nesse quesito, ninguém melhor que o Messias: o sujeito que inventou a palavra "milagre" e acabou crucificado para salvar uma humanidade mal-agradecida. "*Uma dose de brinquedos, uma espiritual.*"

Davi tinha que acreditar nas duas entidades para evitar o caos. O "*des*" na "ordem".

— O professor de Ciências disse que esse negócio de Papai Noel é papo-furado.

— É mentira, filho! Tudo isso só para tentar chamar a atenção de vocês.

As ameaças do mundo real começavam a despir as vestes de cordeiro: vulnerável a elas, o menino Davi corria o risco de perceber o lado obscuro do mundo adulto cedo demais. "*Nem Papai Noel, nem Fadas do Dente existem aqui! Boletos, responsabilidades...*" Precisava abordar Amélia para convencê-la a tirar o filho do Colégio Sagrada Família; as influências negativas certamente prejudicavam o garoto, já que dois anos ainda o separavam da hora da verdade, o momento certo para aturar a desilusão: Marcus jamais esqueceria a dele. A paisagem bucólica do piquenique e a roda de amiguinhos incrédulos contrastavam com o constrangimento de dizer em voz alta que queria viajar para o Polo Norte só para visitar o bom velhinho. Ao chegar em casa, o rapaz mal cumprimentou os pais (que iriam revelar a verdade na ceia quase intimista daquele ano), e deixou a revolta, parasita à espreita, tomar conta de si.

Em outros casos, Marcus testemunhou a tragédia chafurdando no mesmo quarteirão em que morava: o herdeiro dos últimos vizinhos, por não acreditar em absolutamente nada, "vivia" como um morto-vivo vagando pelos becos escuros do centro de Fortaleza. Na fase adulta abandonou a noiva no altar para ter um relacionamento sério com o *crack* e, desde então, virou um maltrapilho com mulher e amante: a droga e o crime. Falava que o crime costumava ser a "amante", consequência da relação tumultuada com a "esposa".

A pior das ocorrências acontecera na família: ao descobrir a farsa com apenas sete anos, o tio de Marcus e Amélia fugiu de casa e, horas depois, fora encontrado morto na beira de uma estrada no Chile, o corpo tão destituído de vitalidade quanto um objeto. Segundo o relato dramático dos avós, a causa do óbito de Antônio apontava para as temperaturas baixas daquela época. Por ironia do destino, o garoto acabou encurralado no cenário ideal para montar no trenó... da morte.

— As pessoas contam que Nicolau morreu após ser torturado pelo Império Romano, que o perseguia por sua religião, mas eu garanto que ele sobreviveu... dizer que jamais existiu é um absurdo!

A lembrança do tio Antônio evocava pensamentos pessimistas em Marcus, e os fantasmas do passado o faziam pensar no Davi drogado, criminoso ou perdido. Por outro lado, julgava que ele e a esposa eram extremamente cuidadosos e iam bem.

Acreditavam que o Criador reservava um futuro promissor para o garoto.

— O Túlio mandou pesquisar na internet. Ele disse que finge acreditar nisso só para ganhar presentes.

Davi conteve o riso. Túlio era o melhor amigo e adversário das partidas de *Minecraft*.

— Mas a internet é mentirosa! Quantas vezes nós precisamos falar pra você que o Diabo é o pai da mentira?

A mãe enrubesceu ao falar o nome do *coisa ruim*. Marcus os culpou pelo atraso.

— Precisamos ir! O Senhor nos chama à sua Casa!

Quase em sintonia, os três deixaram a desordem do café para trás, agradeceram mais uma vez pelo "pão de cada dia" e atravessaram a porta.

Ao anoitecer, o casal confabulava na despensa.

— O Sagrada Família virou corja de Satanás! Parece que estão contratando toda escória de gente para ensinar os nossos filhos. Sabia que agora resolveram copiar a indústria norte-americana e vão comemorar o Halloween em outubro? Blasfêmia! Blasfêmia!

— Hum, Deus irá nos mostrar um caminho. Por favor, querido, vamos tentar adiar esse assunto. Eu sei que é urgente, mas...

— Não interessa. Eu não quero que o Davi tenha o mesmo fim do tio Antônio! Quero ele fora dali! Essa desgraça não pode... Esperto que é, aposto que já bisbilhotou e descobriu que Papai Noel não existe. Tem noção do perigo?

Nas situações de crise, o pastor admirava a Bíblia Sagrada escancarada no móvel da sala. O Todo-Poderoso falaria com ele, assim como fez com seus profetas.

De repente, um silêncio bradou sem avisar. Numa fração de segundo, Amélia perdeu o fôlego. Todo o entusiasmo que a celebração evocava desapareceu, como se uma terrível escuridão se abatesse sobre suas cabeças naquele exato instante. Marcus reprimiu o susto e acompanhou o olhar da mulher até a janela que dava para o quintal. O vulto das mechas de Davi evaporou no vento e, ainda assim, o pai gravou a cara de ódio. Suas suspeitas estavam confirmadas.

Encarou a vidraça. Avistou uma lufada de ar perpassando um arbusto. Em seguida, o presságio: Davi fugindo de casa, transformando-se na carcaça gélida de Antônio na beira da estrada. O coração deu um salto e tropeçou na travessura. Só tinha Davi; a ideia de perdê-lo o apavorava, mas a ocasião exigia a calma de líder e provedor do lar. Correu até o quintal. Deparou-se com o terreno vazio circundando o pé de roseiras, o formigueiro e o varal amparando uma fileira de roupas estendidas. Gritou pelo nome dele. Não obteve resposta. Amélia veio logo atrás, desesperada. Fez sua tentativa. Nada. Só o gorjear distante de uma coruja. Seria um aviso?

— Os convidados vão chegar daqui a pouco... O que vai ser de nós? Cadê o Davi?

Mais tarde Marcus descobriu o rebelde trancado no quarto. Elaborou inúmeras justificativas para fazê-lo mudar de ideia, mas a porta na cara dizia absolutamente tudo o que o filho tinha para dizer. Naquela noite, o menino não deu um pio sequer. Vivia a pior véspera de Natal, um revoltado debaixo dos lençóis e do peso da verdade. Os avós perguntaram pelo neto, mas Amélia e Marcus inventaram uma mentira, recorrendo a desculpas esfarrapadas; tentavam a todo custo esconder seus fracassos. Em vão.

No dia seguinte, um Davi diferente deixou o aposento: com aspecto sisudo, a ingenuidade parecia ter ficado para trás. No par de olhinhos descuidados e fios angelicais, um resquício da raiva e da ousadia.

— Filho, o que você ouviu ontem...

O estranho contornou a mesa do café, abriu a geladeira e depositou um sanduíche na mochila. Reclamou que estava atrasado.

— Espera aí, atrasado pra onde? Ei, hoje é Natal! Você tá de férias... Esqueceu o meu beijo?

— Vou lá pro Túlio.

O menino desprezou o comentário da mãe e se despediu com a língua e o *cotoco*. Após conversar com os pais de Túlio no telefone, Marcus consolou a esposa com um "Deus proverá" e a convidou para orar. Juntos e em uníssono, os dois fizeram um pai-nosso e foram deitar; enquanto o sol vigiava as belezas do litoral, o casal namorava sob um emaranhado de travesseiros e cobertas empapadas de suor. Raramente faziam sexo daquela maneira e, posteriormente, castigaram-se pelo ato selvagem.

Marcus amanheceu renovado, com a gratidão estampada no rosto. Amélia, com um par de hematomas nas costas.

Dias depois, além do fardo, carregava um bebê no ventre.

O jejum, as promessas, os milagres ocasionais e as reticências, contudo, não bastaram. O *novo* Davi vivia para piorar e afundar, pouco a pouco, na lama do pecado. A cada dez palavras proferidas, oito eram mentira. As demais executavam o papel de cumprimento, vocativo e despedida. Pior: as reprimendas dos pais ecoavam em *lugar nenhum*; sequer evitavam que o garoto investisse as horas vagas aprendendo palavrões, visitando *sites* impróprios para menores e selando amizades indesejadas. Se o levassem ao psicólogo, ouviriam que era uma fase.

Marcus rejeitava o próprio filho como se fosse um monstro, um transmissor de doenças graves, infecciosas. Amélia o via como um pedaço de lixo que apodrecia dentro de casa, mas queria mantê-lo por perto.

Apesar de tudo, de abominar o cheiro, ainda o amava; e sentia saudade das sessões de cafuné.

— Nós erramos feio. Acho que dessa vez o Inimigo venceu!

Na gravidez da mulher, o pastor tratava de outros compromissos: envergonhado por causa do fracasso, passava as tardes debruçado sobre a Bíblia Sagrada, buscando revelações, *insights*. Cedo ou tarde, Deus falaria com ele, mostraria uma solução.

E ela não tardou.

— Marcus, eis-me aqui! Toma agora o teu filho, o teu único filho, Davi, a quem amas... e mate-o. Mate o teu filho — a voz dizia. — Se acredita em mim, mate-o!

Andando a esmo, pensativo, o homem cutucava a barba por fazer. A história de Abraão e o seu filho, Isaque, estava se repetindo com ele? Por mais que não quisesse admitir, as circunstâncias começaram a fazer sentido: Amélia aparecera grávida porque o Criador era justo e proporcionava segundas chances.

Davi estava imundo, precisava renascer.

— Deus é bom! — refletiu.

Meio a contragosto, compartilhou a ordem divina com a mulher, que esboçou alívio e compreensão. Provavelmente teria ouvido a mesma mensagem, desfrutado do mesmo delírio. De fato foram feitos um para o outro, eram um só desde o casamento. "*Melhor é serem dois do que um.*"

Portas e janelas vedadas, elaboraram o plano com a ressalva de que o menino merecia um sacrifício repentino e indolor. Davi adorava canja de galinha; um punhado de veneno no prato resultava na arma ideal, o ponto final da praga do casal.

— Está uma delícia, filho. Seu pai foi comprar frango hoje cedo e preparei com muito carinho. Nada de verdura, do jeitinho que meu príncipe gosta.

Davi ignorou o elogio. Sorveu a primeira colherada. O líquido estava um pouco quente. A mãe interveio, quis esfriar. Ele mesmo o fez, como se dissesse um "não preciso mais de vocês". Tomou a segunda. Não sentiu absolutamente nada. Apoiada na pia, Amélia segurava o choro, as sensações. "*Tu és o meu refúgio e a minha fortaleza, o meu Deus, em quem confio...*" À cabeceira da mesa, Marcus encarava o filho, nervoso, a expectativa escapando-lhe pelos poros; esperava o bramido sobrenatural descer do teto abobadado para mandá-lo desistir e dar o veredito: sua fé estava testada.

O relógio tiquetaqueava. "*Mate o teu filho... Se acredita em mim, mate-o!*", a voz reverberava na cabeça do pai.

Ao ingerir a terceira colher, Davi fez uma careta, o desespero a acenar como um penetra daquele jantar diabólico. *Tique-taque, tique-taque... Tique...* O rosto começou a adquirir uma coloração avermelhada à medida que as mãozinhas subiam pelo pescoço. Amélia testemunhava o filho procurando fôlego e, como um peixe fora d'água, começou a se debater violentamente no chão; o olhar arregalado, a língua miúda pendurada no lábio conforme uma torrente de saliva e sangue escorria pela boca e narinas. "*Ele nem vai sentir*", "*Vai ser rapidinho*"... Quase se arrependeu e gritou por ajuda, mas havia exagerado nos sedativos, e Marcus e o Senhor faziam vigília naquele inferno para ampará-la.

— Mamãe, papai...

Moribundo, o menino parecia ter recuperado a inocência. Reconhecia, no entanto, a inutilidade da cura. A máscara assombrosa e os lábios enxutos denunciavam a dor brutal. Davi garimpava forças para implorar pela própria morte. Ou por um pouco de oxigênio.

Enquanto isso, os pais ofegavam.

— Desculpe, filho. Perdão...

Marcus não soube pedir perdão. Gratidão e recomeço eram tudo o que via, sentia... "*Mudaste o meu pranto em dança... Eu te darei graças para sempre, sempre...*"

— Obrigado, Senhor. — repetia todo santo dia. — Tu sabes o que faz.

O pastor assentiu para Amélia ao confirmar o último suspiro. A mãe evitava fitar a matéria violácea inerte, o derradeiro fio de vida naquele espaço. "*Durma com os anjos, meu amor!*" Agora precisavam purificar a cena do *crime* e rumar para o quintal, onde um novo cômodo em breve seria inaugurado. Amélia pensou em lavar o corpo do menino para vesti-lo de forma adequada. Lembrou-se do cabelo penteado repartido ao meio, do terno acinzentado que combinava com ele, das mãozinhas sujas de algodão-doce... Davi tinha direito a um enterro digno, apropriado; pelo menos um caixão para chamar de seu castelo de madeira. "*Salve o Rei Davi! Salve! Salve!*" Enfático, o marido disse que o remorso era inútil.

— Essa *coisa* nunca foi nosso filho.

— Ai, meu...!

— *Shhhhh!* Vamos com calma. Os vizinhos podem aparecer por aí.

Com muito zelo e discrição para nenhum curioso ouvir, os dois partiram para o passo seguinte: enroscaram o corpo no tapete felpudo da sala (há muito tempo Amélia queria livrar-se da bugiganga) e, sem cerimônia, arremessaram o defunto na cova que Marcus preparara. Examinaram o quintal, os muros, o pedaço de terreno corrompido. Nenhuma testemunha, vestígio ou mancha de sangue. À distância, um exército de formigas perambulava solenemente pelas paredes de terra, antecedendo a chegada das larvas e varejeiras para participar do cortejo fúnebre.

Banhada de suor e tão contemplativa como se proferisse uma oração, Amélia interrompeu o companheiro prestes a jogar a primeira remessa de areia sobre o passado; tateou o ventre e sussurrou:

— Deus já me disse que é um menino. Como vamos chamá-lo?

O futuro pai, sorridente, respondeu:

— Ora, que pergunta boba, mulher! Cadê a sua fé no Senhor? É claro que o nome dele será Davi. Paciência... Daqui a pouco o nosso guerreiro volta pra gente.

FÁTIMA

LARA ROVERE

Fátima não gostava de visitar seus falecidos maridos em datas comemorativas maiores, como Finados ou Natal. Além da (des)crença pessoal de que se tratavam apenas de artimanhas do comércio para impulsionar as vendas entre vivos felizes ou chorosos, ela preferia fazê-lo às escondidas, afinal, Antônio, seu atual companheiro, ainda não havia sepultado de vez o ciúme. "Loucura ter cisma de um defunto, quiçá de dois", pensava.

Naquela manhã, entretanto, acordou sobressaltada. Além do barulho que seu quadro preferido causou ao se desgarrar da parede, indo ao encontro do piso de granito, sentiu um leve arrepio nos pés, cujas unhas estavam pintadas com o vermelho que outrora despertava o fetiche de Enrico, seu segundo ex, por quem deixou João e de quem ganhara a réplica do Van Gogh, que, ao lado da cama, velava seu sono todas as noites.

Antes que me pergunte, antecipo sem julgamento, pois sei que leitor é bicho curioso: também foi Fátima que abandonara Enrico para viver um romance qualquer que não vingou e, por isso mesmo, não merece maiores atenções. Deixou-o por um gajo de Portugal, arrependeu-se de pronto e de novo, aos prantos, depois que ele faleceu. Já eram separados quando soube da fatalidade e, tal qual aconteceu com o primeiro ex-marido, pai de seus dois filhos mais velhos, Fátima fora ao velório de preto, lamentando duplamente: pela morte morrida e por ter ela mesma dado fim precoce ao posto de viúva.

Voltemos ao dia narrado. Com o sexto sentido mais aguçado do que nunca, Fátima encarou os incidentes daquela manhã atípica como um sinal e, após as cosquinhas nos pés, calçou uma sandália de poucas tiras e partiu para o Parque da Paz. Atravessou os portões de ferro com o coração do tamanho do caroço da azeitona que não desperdiçaria mais tarde. "Primeiro o primeiro ou primeiro o segundo, porém verdadeiro?", perguntou-se baixinho. Resolveu deixar para lá a cronologia de sua própria história e começar por Enrico. Abaixou-se, deixou escapar algumas lágrimas e sentiu novamente algo nos pés, mas agora essa sensação subia por seu grosso mocotó. Era ele! Fátima ergueu a vista e se deparou com os olhos castanho-esverdeados que jamais esquecera. Pediu perdão. Falou do quanto Larissa sofria a perda do pai, mas também de como hoje estava madura, realizada. Olhou as horas gastas entre conversas e carícias e pediu perdão de novo, pois ainda precisava ver João.

— Você se importa?

— Não. Também gostaria de falar com ele e, se possível, de te acompanhar na ceia da Dona Mariinha.

De mãos dadas, foram até o túmulo de João, que, para a surpresa dos dois, já estava a postos, perfumado e trajando roupa de passeio. Falaram por mais alguns minutos sobre as preocupações com Marcela, a primogênita, e até futebol entrou na pauta. Com perdão do trocadilho infame, Enrico estava morto de feliz com o Grêmio.

Fátima apressou os dois e juntos entraram no carro, rumo às comemorações do clã Albuquerque. Apesar da hora, achou uma vaga logo em frente ao prédio de sua mãe, entrou no elevador e apertou o 17º ansiosa para surpreender os filhos com o que acreditava ser o verdadeiro milagre de Natal. Por toda a tarde se esquecera de Antônio, que havia deixado várias mensagens em seu celular. Foi abrindo a porta sem tocar a campainha, tamanha a excitação. Atravessou a sala se aproximando de um a um, embora todos falassem alto e ao mesmo tempo, o que deu a ela a impressão de que não estavam percebendo o que acontecia ali.

Serviu a dose de uísque de Enrico, com três pedras de gelo e um dedo de água de coco. Fez o prato de João, distribuindo sobre a louça branca cortes finos do presunto, quatro colheres de sobremesa de salpicão, uma de farofa, só para dar crocância. Sentou-se à mesa, puxando mais duas cadeiras para perto de si. E foi assim, muito bem acompanhada, que a costumeira taça de vinho, marcada com o batom que desde cedo insistia em escapar de seus lábios, logo se transformou em uma garrafa. Não sabia se era efeito do álcool, resquícios da síndrome do pânico que deixara no passado ou uma vontade reprimida por conta do calor que fazia no prédio rodeado de outros prédios igualmente altos, mas sentiu que os olhares, acompanhados de cochichos e risinhos abafados, de repente a desnudavam.

Ainda meio desnorteada, depois de sua mãe falar meia dúzia de desaforos e deixar a própria festa, Fátima avistou Antônio na varanda. Será que ele a vira, acompanhada de seus dois ex-amores? Sentiu as pernas bambearem só de pensar em todas as vezes que brigaram por conta de João ou de Enrico. De repente, não ouviu mais nada, nem mesmo a voz do Fábio Jr. saindo da caixa de som JBL. Os rostos ficaram desbotados como numa fotografia antiga. Quando retomou a consciência, já era dia 25. Não havia Antônio, Enrico, João... Apenas Fátima em sua solidão, num quarto branco, sem janela. Ainda bem que no manicômio não se importavam com as unhas vermelhas.

A PALMATÓRIA

LORENA MARIA MOREIRA CHAGAS

O menino nasceu no município de Quixeramobim, no Ceará, meados de 1930. Seus pais morreram de tuberculose logo que ele veio ao mundo, e por isso passou a ser criado por seu tio Osvaldo. Com 10 anos de idade, estava em seu quarto ano de Internato no Colégio Frei Matias, em Canindé, município vizinho. Em sala de aula, todos os dias apanhava de palmatória de Seu Luís, ex-seminarista e exímio professor de Português e Matemática que não admitia que o menino escrevesse com a mão esquerda, chegando a usar a força sempre que contrariado. Aplicados os golpes, o menino rapidamente corrigia a escrita e tratava de trocar o lápis de mão: a direita assumia o comando das tarefas diárias, sob o olhar rígido e punitivo do professor.

Infelizmente, naquela época ser canhoto era considerado um defeito, e as pessoas que usavam a mão esquerda precisavam ser severamente punidas. O menino era muito querido por seus colegas. Eles ficavam muito tristes quando a palmatória entrava em ação e chegavam a tentar ajudá-lo, ficando na sua frente para que o professor não o visse — tática que se mostrava inútil: nada escapava dos olhos de Seu Luís.

A saga do menino era mais ou menos assim: escrevia com a mão esquerda, apanhava, escrevia com a mão direita, retornava por distração para a mão esquerda. De novo a palmatória. Mão direita.

Assim eram seus momentos em sala de aula, sempre sofrendo e sem entender por que estava errado. Chorava, mas isso não sensibilizava o professor, que dizia, em voz alta:

— Menino, engole o choro e escreve com a mão direita!

Com o passar do tempo, ele já estava tão acostumado com a palmatória que, quando estava escrevendo com a mão esquerda e Seu Luís se aproximava, o coitado já estendia a mãozinha para apanhar, sem precisar mais o professor pedir. As lágrimas teimavam em vir! Os únicos momentos de paz que encontrava para seu lado canhoto prevalecer era quando estava no recreio, brincando com seus amigos de bola de gude, e em seu quarto, realizando suas tarefas, onde naturalmente fazia tudo com a esquerda, sem interferências nem punições.

Quando chegavam as férias do final de ano, todos os internos iam para seus lares e só retornavam dois meses depois. Era sua época mais feliz, pois tio Osvaldo ia buscá-lo para irem à fazenda. A diversão já iniciava no trajeto; as brincadeiras no trem alegravam as horas que separavam Canindé de Quixeramobim, e o Natal era o melhor dia do ano. Em seus primeiros dias de aulas, todos os anos, já começava a contagem regressiva para o próximo Natal, anotando minuciosamente em seu caderno quantos dias faltavam.

Nem dormiu direito na véspera do dia 24 de dezembro, tamanha a ansiedade com a chegada de seu tio, que já mandara avisar por um mensageiro que chegaria logo após o sol nascer. Nesse dia, no internato, é um entra e sai de familiares vindo buscar os alunos, e todos se despedem, felizes pelo Natal e pelas férias escolares.

Já não havia nenhum aluno no portão de saída, a não ser o menino, que, sentado em sua malinha de madeira marrom, não tirava os olhos da curva próxima, muito impaciente por querer ir logo embora para sua casa e descansar antes da noite de festa. Tio

Osvaldo nunca foi muito pontual, mas o menino não se incomodava, pois ele sempre chegava.

Já era quase meio-dia; o embrulho no estômago do menino era um misto de nervosismo e fome, pois havia comido apenas uma banana. Seu Luís avistou um homem vindo em direção ao internato, mas verificou que não era o Seu Osvaldo. Quem seria?

O mensageiro gritava e balançava o envelope de um lado para o outro.

— Eu tenho uma carta urgente para o senhor Luís Pereira!

Seu Luís recebeu a carta resmungando e já foi rasgando a pontinha do envelope, com receio de danificar alguma frase que existisse no papel. O menino não entendia bem o que estava acontecendo. Só via o professor arregalando os olhos, franzindo a testa e coçando o nariz. Imaginou que o assunto era muito sério, pois essas reações só aconteciam quando havia desgraça! Aqueles instantes pareciam uma eternidade. O que estava escrito naquela carta? Será que havia morrido alguém da família dele?

Seu Luís começou a resmungar, andou de um lado para o outro, olhou para o menino, sentou no banco do jardim, voltou para o portão, olhou novamente para o menino e falou, impaciente e mal-humorado:

— Osvaldo só vem lhe buscar amanhã. Você passará o Natal comigo e com minha esposa.

Essa foi a pior notícia que o menino recebeu em toda a sua vida. Como passar a tão esperada noite de Natal ao lado de quem lhe aplicava palmatória todos os dias? E a esposa de Seu Luís, será que era tão chata quanto ele? A comida que ela fazia era gostosa? Tinha rede para dormir ou seria no chão? Por que seu tio só viria no dia seguinte? Pensou em tudo isso e decidiu que preferia ficar sozinho no internato, mas Seu Luís foi logo puxando sua mão e dizendo que nenhum dos dois tinha escolha: iriam passar o Natal juntos!

Nesse instante, ainda atordoado com a notícia que havia recebido, o professor lembrou que não havia trancado a porta da cozinha que dava para o quintal do internato e disse:

— Menino, fica aí quieto que eu vou lá dentro, mas volto logo!

De repente o menino ouviu um barulho estranho vindo da cozinha. Ele foi ver o que estava acontecendo. Seu Luís estava estirado no chão. Escorregou ao tentar fechar o ferrolho superior da porta, caiu sobre a cadeira, derrubou o vaso que enfeitava a mesa e deslizou até o chão, perto do banheiro. Ele gritava que sua mão direita doía muito. Seus dedos estavam arroxeados. O menino correu na casa vizinha para pedir ajuda. Seu Luís foi para o hospital. O menino foi levado para a casa do professor, onde ficou aos cuidados de Dona Aurora, sua esposa.

Logo que anoiteceu, Seu Luís chegou em sua casa com o braço direito engessado, arregalando os olhos, franzindo a testa e torcendo o nariz. Sentou-se em uma cadeira de balanço que havia na sala e disse, com o olhar baixo, voz mansa e de um jeito encabulado:

— Ficarei um mês com o braço direito engessado!

No ano seguinte, quando o menino voltou para o internato, nunca mais apanhou de palmatória — escrevia naturalmente com a mão esquerda sem receber mais nenhuma punição. Por todos os anos que apanhou, foi obrigado a desenvolver a escrita com a mão direita, mesmo sem possuir vocação para tal. Ao crescer, tornou-se um grande dentista, com a capacidade de executar com perfeição todos os procedimentos odontológicos, usando as duas mãos.

UM DESEJO DE NATAL

Luiz Rattz

Laiz era uma jovem adolescente nos seus vinte anos. Estava no quarto que fora especialmente construído por seu pai, Paulo, para ser uma sala de cinema. Colocando para funcionar o velho projetor que usava para passar os desenhos da Disney e filmes que o pai tinha registrado em lentes de 8 mm sobre viagens, eventos importantes e datas especiais de comemoração. Estava vendo o último filme que ele realizara: a festa de Natal do ano passado. Era lá que ela poderia revê-lo sempre, já que na vida real não seria possível: um acidente de carro havia tirado a sua vida.

Olhava com tristeza as imagens que lhe traziam muitas saudades. Mas o que mais a afligia é que justamente nesse último Natal eles tinham brigado, pois Laiz queria viajar com os amigos para um *tour* na Europa na véspera do Natal. O pai pedira que fosse depois, gostaria de ter a família toda reunida nessa data importante. Mas ela não quis ouvir, queria aproveitar a promoção que tinha conseguido com os amigos para uma viagem. Discutiram ferozmente, e ela se foi viajar com os amigos, deixando-o muito triste.

Laiz se arrependia muito de que essa tenha sido a última lembrança dele; daria tudo para poder voltar no tempo para esse momento de festejo natalino.

A porta abriu, e a mãe de Laiz entrou, trazendo o jantar para ela:

— Laiz, já é muito tarde, vai dormir.

— Mãe, não consigo esquecer a triste lembrança que ficou entre nós dois. Se soubesse que ia ter aquela tragédia, não teria viajado.

A mãe se aproximou e abraçou a filha:

— Não tinha como você saber que ia acontecer, era imprevisível. São coisas que acontecem na vida e o que resta é suportar a dor e superar.

A mãe abraçou fortemente Laiz e chorou junto com ela. Depois se recompôs e saiu do quarto, deixando a filha vendo o filme.

As imagens continuaram passando no projetor. Ela observou o momento em que o pai está cantando alegremente, junto com os familiares, as músicas de Natal.

Laiz se aproximou da tela e, com a mão, tocou o rosto do pai e começou de novo a chorar.

— Desejo com toda a força de minha alma voltar a este momento e rever mais uma vez meu pai.

A luz do projetor se intensificou, deixando Laiz totalmente cega. Ela desmaiou.

Com uma dor de cabeça terrível, pouco a pouco Laiz foi acordando do desmaio que teve. Observou que estava ainda na sala de projeção e que o projetor estava desligado. Ela se levantou e foi até a porta, que quando aberta revelou uma multidão de gente dentro da casa, toda decorada com adornos natalinos. Ela não conseguia entender o que estava acontecendo, até que viu o pai na sala da casa conversando com um tio. Achou que estaria sonhando, mas, assim que chegou perto do pai, tocou em seu corpo.

— Oi, Laiz, que foi? Tudo bem?

— Pai, é você?

— Claro que sim, sou eu, você está sentido bem?

Ela segurou a mão do pai e viu que ele era real. Seus olhos se encheram de lágrimas. Ela abraçou o pai com todas suas forças, sentindo o calor de seu abraço.

Paulo, sem entender nada que estava acontecendo, abraçou a filha e ficou preocupado.

— Está tudo bem, filha?

— Desculpa, pai! Sim, está tudo bem. Muitas saudades de você.

— Mas como assim? A gente esteve junto o dia todo, você me ajudou a organizar os preparativos da festa o dia inteiro.

Não entendia o que estava acontecendo, mas não perderia a oportunidade. A noite inteira Laiz não se desgrudou do pai, ajudou em tudo que podia, fez com que cada momento fosse inesquecível. Ela e o pai foram alegria da festa. Quando tudo terminou e todos foram embora, Laiz e o pai estavam no quarto de cinema, vendo filmes antigos.

— Filha, muito obrigado por tudo hoje. Você foi de grande ajuda e agradeço muito por você ter ficado aqui com a gente no Natal. Para mim foi muito importante.

Laiz se aproximou do pai e o abraçou, dizendo:

— Eu que agradeço por ter tido este momento de estar com você mais uma vez e ter tido um ótimo Natal com você e a família. Te amo muito, pai.

— Eu também te amo.

Os dois se abraçaram por um bom tempo. E depois Paulo se levantou:

— Falando em família, vou lá no quarto pegar o filme da viagem que fizemos para Cancún no ano passado.

O pai saiu rapidamente do quarto, deixando Laiz sozinha. A tela de projeção caiu, e ela foi lá colocar no seu lugar. Mas assim que arrumou a tela, o projetor começou a funcionar misteriosamente, projetando uma forte luz que cegou os olhos de Laiz, até ela desmaiar.

Quando ela acordou, estava com uma forte dor de cabeça e viu que estava no quarto de projeção, mas havia algo diferente. Percebeu que voltara para o momento atual e acreditou que tudo que acontecera não passava de um sonho. A tristeza e a dor estavam voltando, quando o projetor ligou sozinho e passou de novo as imagens da última festa de Natal que seu pai tinha participado antes do acidente. Tudo estava igual, como tinha visto inúmeras vezes. Mas começou a ver que o pai chamava alguém para se juntar a ele e, quando observou quem se aproximava, não acreditou: ela surgia e abraçava o pai e depois começavam a cantar juntos, animando a festa e as pessoas.

Laiz começou a chorar. Seu desejo de Natal fora atendido.

AQUI DENTRO DÁ PRA OUVIR O MAR

RAFAEL MOREIRA

O nosso último Natal juntos foi num domingo, assim como o primeiro, onze anos atrás. A coincidência não significava nada, era um acontecimento irrelevante que não influenciou minha decisão. Acordei às dez horas e fui fazer meu café. Ela acordou depois, me deu um bom-dia e um beijo no rosto, ainda sonolenta. Sentou-se na mesa da cozinha com a preguiça tentando lhe puxar de volta para o quarto. Demorou a perceber o estranho objeto que eu havia colocado na mesa.

Confusa, perguntou o que era aquilo, enquanto deslizava o olhar para outras coisas. Era a mesma concha que eu havia lhe dado no primeiro Natal que passamos juntos. Ela sorriu, seu sono esmaecia. Decerto começou a se lembrar do dia. Creio não ter causado a reação que esperava e minha própria abordagem começou a não fazer sentido para mim.

— Estava dentro da caixa da árvore — eu disse.

— Foi o primeiro presente de Natal que você me deu.

Ela me olhou e mudou de rosto; consegui ver minha mulher de anos atrás, mas não consegui me ver. Pegou a concha e aproximou do ouvido devagar, enquanto eu assistia, tomando um gole do café.

— Não consigo ouvir nada — ela disse, cortante.

Puxei a cadeira na sua frente e sentei-me num suspiro. Sua insistência em ouvir algo da concha dura mais alguns segundos. Me veio a lembrança do dia em que encontrei a concha, um mês antes, guardada na caixa sofrida da nossa pequena árvore de Natal, que já devia ter uns bons cinco anos. Caíra de uma altura que poderia despedaçá-la, mas fez apenas um barulho alto com o choque no chão. Depois de identificar o objeto, levei a concha ao ouvido e, em vez de ser molhado pelo som das ondas, fui surpreendido com o silêncio. O presente que eu havia dado fora embora. Intuí que o mar fugiu na mesma época em que meu amor por ela.

Pousei a caneca na mesa devagar e mesmo assim pensei ter ouvido o mesmo som do choque da concha ao chão. Ela me olhou com atenção. Despertei do meu devaneio esboçando uma cara de quem estava prestes a anunciar a morte de um parente. Falei antes que ela conseguisse abrir a boca.

— Eu não queria fazer isso hoje e pra falar a verdade eu não queria fazer isso nunca.

Peguei a concha que ela deixara na mesa; minha mão foi acompanhada por seus olhos nervosos e trêmulos; senti uma breve falta de ar, como se o mar quisesse voltar para me afogar.

— "Aqui dentro dá pra ouvir o mar", eu disse quando te entreguei isso. Eu queria te dar o mundo, e o mundo pra mim era o mar. Onze anos atrás eu te amava mais do que amava o que tinha aqui dentro e agora não há mais nada aqui, nada que possa te fazer feliz.

Ela se levantou bruscamente, derrubando sua cadeira, e foi até a janela. A rua parecia deserta. Normal para um domingo. Estranho para um Natal. Conseguia ouvir seus pensamentos, uma habilidade conquistada pela intimidade de uma década. Aquela calma toda não era coerente com o caos dentro de nós. Pensei em me aproximar, consolar a mulher que não era mais minha. Seu choro silencioso me doía mais que um grito. Levei minha mão à boca, senti minhas bochechas úmidas por lágrimas que me surpreendiam. Água salgada saindo dos olhos como a água salgada que abandonou a concha.

Ela virou seu rosto e nos olhamos. Não havia nada para ser dito. Queria logo sair do desconfortável silêncio entre nós. Silêncio quebrado por um sussurro dela. Um vento entrou no nosso apartamento na mesma hora e brigou com sua voz. Não consegui escutá-la, mas fingi que entendi. Não era preciso muito esforço para ver que ainda me amava. É doído não conseguir suportar seu amor. Meu café esfriara, indicando que havíamos passado alguns minutos imóveis. Ela havia voltado a sentar-se na minha frente, seu olhar era direcionado à concha ainda em cima da mesa. Nosso último Natal juntos foi num domingo.

TALVEZ SIM, TALVEZ NÃO

REBECA NOLÊTO

Acordou assustado, esquecendo-se de onde estava. Eram dez da manhã do dia 24 de dezembro. Deu-se conta, mais uma vez, de que este seria seu primeiro Natal longe dos familiares. Pior, estaria completamente sozinho em uma nova cidade.

Chegou na metrópole havia dois dias, após decidir que deveria conhecer pessoalmente a garota com quem conversava pela internet por mais de seis meses. Ela o encontraria na rodoviária assim que ele chegasse lá. Havia alugado um quarto pelo Airbnb por um mês, porém o plano tão bem elaborado foi arruinado.

Antes mesmo de sair de sua cidade, ele ligara e mandara diversas mensagens por WhatsApp para ela avisando que perdera o ônibus e chegaria mais tarde naquele dia. Por sorte, havia vaga no carro de uma outra empresa e, embora atrasado, estaria lá conforme combinado. Não recebeu resposta. As mensagens sequer chegavam, de acordo com o aplicativo.

Ao chegar na rodoviária, ela não estava lá, as mensagens continuavam sem nenhum sinal de estarem sendo recebidas. Ele insistiu, sem sucesso, e resolveu mandar o endereço onde estaria hospedado. Criou coragem e ligou para o número, mas a ligação não completava, e ela não tinha telefone fixo em casa.

Sem conhecer ninguém, nem aquele novo mundo, muito maior ao que estava habituado, ele resolveu comprar comida e água para a primeira semana e passar o resto do dia em casa, aguardando alguma notícia. No dia seguinte, pensaria o que fazer caso continuasse sem conseguir entrar em contato com ela.

Ele havia planejado ir para a capital, conhecer a garota e fixar-se por ali, procurar emprego, alugar ou dividir um apartamento. Se ela não respondesse, o rapaz teria que se contentar em passar as festividades sozinho, já que não tinha dinheiro suficiente para comprar a passagem caríssima de fim de ano que poderia levá-lo de voltar para sua cidade.

A véspera do Natal chegou, mas nenhum sinal da moça. Será que ela havia desistido de encontrá-lo? Será que havia acontecido algum acidente? Será que ela estava viva? Não, não, ele tinha que parar de pensar em tragédias. Sempre que ficava sozinho, sua mente divagava pelos lugares e possibilidades mais obscuros, e no Natal tudo piorava.

Esta não era sua data comemorativa favorita. Mesmo rodeado de parentes e amigos, as festas do final do ano eram sempre muito tristes para ele. Sem contar as infindáveis perguntas, piadinhas e reclamações que tinha que ouvir na noite de Natal sobre as uvas-passas no arroz ou na farofa, ou se era pavê ou pra comer. Era uma tortura que parecia não ter fim e que todo ano se repetia, mas que desta vez ele não estaria lá para ver acontecer. Começou a sentir saudades de tudo aquilo.

Quando deu por si já era noite. Não se deu conta de que seus pensamentos o levaram pelo dia de forma automática. Não havia pensado em nada para fazer naquele dia. As pessoas estariam em suas casas, com suas famílias, comendo suas fartas ceias. Sair não era uma opção, já que tudo estaria fechado, as ruas desertas, sem contar o risco de se perder, pois ainda não conhecia a cidade muito bem, isso sem falar na possibilidade de assalto.

Teria que se contentar com o prato de comida congelada que o esperava na geladeira. Podia ao menos ter comprado umas cervejas. Quem sabe bebendo o sono não chegava mais cedo e o dia seguinte também?

Às nove da noite a campainha tocou. Quem seria àquela hora, e em pleno Natal? Devia ser algum vizinho precisando de alguma coisa, mas não havia sons nos apartamentos próximos. Achando estranho, foi até a porta e a viu pelo olho mágico. Era ainda mais bonita do que nas fotos enviadas. Parecia nervosa. Conferia a tela do celular e tentava fazer ligações que caíam sempre na caixa postal.

Ele abriu a porta e, no mesmo instante, um sorriso iluminou o rosto dela. Era mais brilhante que a estrela no topo da principal árvore de Natal daquela cidade. Ela, assim como ele, não podia acreditar que haviam finalmente se encontrado.

Ela foi, sim, até a rodoviária, mas quando o ônibus chegou (aquele que ele perdeu) não viu nenhum sinal dele. Deduziu que tudo não havia passado de uma brincadeira de mau gosto. Aquilo não iria ficar assim. Pegou o celular para mandar mensagens desaforadas, mas percebeu que estava sem serviço. Saiu da rodoviária esperando que aquela mensagem tenebrosa sumisse. Quando resolveu ir em busca do sinal, daquela maneira típica, colocando o telefone acima da cabeça, com o braço esticado, o aparelho vibrou, e a tela mostrou as várias mensagens não recebidas. Lá estavam as dele: "Desculpa...".

Infelizmente ela não conseguiu ler o resto. Como estava distraída, acabou ficando sem o telefone, que fora levado por um homem que fugiu. Só conseguiu outro celular naquela manhã, em meio à loucura das compras de última hora.

Após ler as mensagens que ficaram salvas e descobrir o que tinha ocorrido, ela não parou de ligar e mandar mensagens, mas não conseguia nenhuma resposta. O celular dele esteve o dia todo fora de área, e ele não conseguia explicar o porquê.

Com medo de que ele achasse que havia levado o maior bolo de todos os tempos e que provavelmente nunca mais iria querer encontrá-la, ela resolveu arriscar e procurá-lo. Como as conversas do WhatsApp estavam salvas, foi fácil descobrir onde ele estava.

Ajudou a mãe com alguns preparativos para a ceia e avisou que ia sair. Dependendo do resultado da empreitada, talvez voltasse para a festa, talvez não. Pegou umas cervejas na geladeira e pediu ao irmão que a levasse até o local. Talvez ela voltasse com ele, talvez não. Ela esperava que não.

Ele sorriu. Ela sorriu de volta, com o mesmo brilho e intensidade do primeiro sorriso. Se Papai Noel existisse, eles não poderiam ter pedido presente melhor.

O IRMÃO MAIS NOVO

ROBERTA FURTADO

O ano passou ligeiro. De repente já era 24 de dezembro. Nesse dia as crianças esperavam ansiosas pelo cair da noite, pois sabiam que quando adormecessem o bom velhinho iria deixar presentes em seus quartos, embaixo ou ao lado de suas camas.

Enquanto os meninos passavam o dia inquietos aguardando os regalos desejados, a fábrica no Polo Norte estava a todo vapor. Os brinquedos já estavam prontos, empilhados em diversos compartimentos, esperando apenas para serem embalados. Os compartimentos eram divididos por setores, e cada setor representava um país onde Noel deveria entregar o presente.

Já eram quase sete da noite quando se ouviu um estrondo muito alto por toda a fábrica, vindo diretamente do setor de presentes do Brasil. Na mesma hora, alguns anões saíram correndo para verificar o ocorrido.

— Que barulho é esse? — perguntou Noel, já andando em direção à área brasileira.

Lá chegando, encontrou os presentes esparramados por todo o chão do compartimento, antes minunciosamente organizados. Misturou-se boneca com carrinho, jogos de tabuleiro com livros, bola de basquete com de futebol, Barbie com Suzi, e, o pior de tudo, os cartões de identificação com os nomes e os endereços das crianças foram retirados.

— Como vou levar os presentes para as crianças esta noite? Já está quase na hora de sair! Os meninos e as meninas do Brasil vão ficar desapontados se não receberem os brinquedos. Só uma pessoa pode ter feito essa maldade: Abel.

Enfurecido, Papai Noel foi a passos largos procurar seu irmão mais novo, que nunca gostou do Natal. Tinha ciúmes e inveja da atenção que só Noel recebia nessa época do ano.

"Noel é bonzinho com as crianças", "Noel é caridoso", "Noel é chamado por todos de 'Papai'", "Noel é o bom velhinho", pensou Abel. — Que raiva sentia de Noel!

Papai Noel encontrou Abel e disse:

— Foi você quem fez aquela bagunça? Sabia que não dará tempo de arrumar os presentes para entregar hoje à noite para as crianças no Brasil? Eles ficarão muito tristes quando acordarem e seus brinquedos não estiverem em seus quartos.

— Não me importa suas crianças, Noel! Você só pensa nelas o ano inteiro. Você trabalha o tempo todo. Você passa horas e horas lendo as suas malditas cartinhas. Por que você não manda os seus pequenos escravos arrumarem pra você? Você não é bonzinho, Noel...

— Abel, você fez de propósito. Todo ano é a mesma coisa. Você apronta alguma comigo, tenta dificultar meu trabalho. Por que não me perdoa?

— Ah, você pode ter mudado de nome, mas continua o mesmo. Só quem perdoa é Deus. E Ele já fez isso quando te deu uma nova chance de se redimir nesse mundo e passar os séculos entregando presentes para as criancinhas. Só não entendi por que ele me mandou pra ficar contigo, Caim.

SALVATORE

SAMARA E SILVA AMARAL RIBEIRO

O cheiro de comida vindo da cozinha anunciava para toda a casa: era dia de festa! Um aroma irresistível serpenteava pelos cômodos. O diáfano e sensual bailado dos perfumes parecia tirar um a um para dançar. Senhor Salvatore, o patriarca da casa, foi o primeiro. Ainda estava na cama quando aspirou com deleite aquele cheiro narcotizante. Esticou-se todo feito um gato, sorrindo prazerosamente. Um filete de luz vacilante atravessava a cortina e, no contraste entre luzes e sombras, era possível perceber seus músculos fortes e retesados. No auge de seus quase cem anos bem vividos, o prazer que nutria pelo esporte, como ex-atleta, se transformara em uma paixão avassaladora pela gastronomia, ou melhor, pelo prazer de comer bem, prazer este a que ele se referia como "o sublime prazer". Vestiu-se com zelo e, ao abrir a cortina da janela, repetiu o que já era seu mantra matinal, desde que mudara para a nova casa. Bradou:

— *BONGIORNO SOLE!*

O brado quase foi interrompido pelas batidas na porta. E de repente o quarto se inundou de luz. Do lado diametralmente oposto à janela entrou Aurora, a mais nova e calorosa das filhas. Os seus já conhecidos movimentos circulares com as mãos, a voz alta e os reluzentes cabelos loiros conferiam a ela um ar iluminado. Os olhos brilhantes pareciam alimentar a lareira do quarto. Abrindo todas as janelas, anunciou feliz:

— Chegou o grande dia!

O quarto, apesar do frio daquele dia de inverno, enchia-se do calor de Aurora e do aroma de massa saída do forno.

— Trouxe-lhe um *fogottino* com geleia de amoras, suco, frutas e pistaches. O que escolhe: *mangiare* ou "*caminhare*"? — brincou.

— *Mangiare*!

E explodiram a gargalhar do péssimo trocadilho feito por ela. Conhecendo bem o pai, sabia que não resistiria às deleitosas iguarias. A vigorosa gargalhada de Salvatore quase abafou o riso espontâneo e agudo de Aurora. Apesar de ser um autêntico italiano, as filhas eram holandesas e tentavam a todo custo se ajustar à nova vida na cidade natal do pai. Aurora, como de costume, recostou-se na poltrona posicionada debaixo da grande janela. Ela e o sol misturavam-se, parecendo um só halo. E então se pôs a contar seus famosos "causos" para o pai. A mesma herdara de sua mãe, Babette, a arte do "bem falar" e do "bem cozinhar". Pareciam feiticeiras na cozinha, cozinhavam a gosto dos comensais.

Naquele grande dia, queria preparar uma comida terna, algo que tivesse o confortável sabor do dia em que a paz pousara na Terra: o dia em que nascera o Salvador. Tinha ingredientes para tudo, e os manuseava com a precisão de uma cientista. O pequeno demonstrativo do banquete de Natal parecia aprovado. O *faggotino* derretia na boca: uma explosão, um lascivo prazer. Ao experimentar aquela delícia, o senhor Salvatore parecia se transportar para outras dimensões. De olhos fechados disse:

— Isto é divino, Aurora. Que sublime prazer!

Ao lado da filha, a lareira crepitava num som hipnótico. A conversa, que transcorreu manhã e tarde afora, deixava o clima arrastado e parecia que anoitecia também a sua voz. A combinação fez o pai cair lentamente em deleitoso sono. Aurora se despediu sem ser ouvida. Lá fora, o contraste da penumbra do fim de tarde, com as luzes natalinas que começavam a cintilar, trazia a certeza: era Natal!

Ayla, a filha mais velha, era também a mais branda. Nem mesmo num dia agitado como aquele ela perdia seu olhar terno e o costumeiro sorriso, quase fixo — um sorriso de lua crescente. Não se afobava com nada e achava os cuidados da irmã Aurora uma grande bobagem. Entrou no quarto, fechou lentamente as cortinas da janela, apagou a lareira e, exibindo seus dentes brancos, que mais pareciam uma constelação de reluzentes estrelas, exclamou:

— Vamos, meu querido. Saia já desse quarto! Hoje é seu dia. Mamãe preparou um banquete só para você!

A porta se abriu. Ayla foi atrás. A luz da lua entrava por uma das janelas da casa, projetando a imagem de Salvatore numa grande sombra diante dele. Um vento gelado tocou-lhe dorso e pensou que este devia ser o inverno mais rigoroso dos últimos anos. Os aromas se intensificavam pela casa. Um misto de fragrâncias se entrelaçava no ar. E tudo o que era tragado pelas narinas era revelado na alma como imagens perfeitas: memórias. Salvatore não conteve o riso alegre ao ver as crianças correndo pelos corredores, as filhas todas subindo e descendo as escadas, pendurando os diversos enfeites, os presentes ao pé do pinheiro e ele: o banquete!

Inesperadamente, um estrondo irrompeu o harmonioso som da harpa, que nas mãos delicadas do músico choramingava uma antiga canção natalina. Aos poucos, como pombos empoleirados a sair de suas apertadas casas, viu sair vários desconhecidos dos quartos do corredor. E numa polifonia de vozes e bater de palmas sincronizados fez-se um belo coro, composto por rostos conhecidos e outros nem tanto. Salvatore não esperava uma comemoração tão grandiosa. De cima da escada a visão era privilegiada;

viu em torno do banquete: Babette, sua esposa, as duas filhas com seus respectivos maridos, as netas... Estavam todos ali. Era seu aniversário, no mesmo dia que aniversariava um outro Salvador: Jesus. Apesar do pouco apego a fé, gostava. Em todos os Natais sentia que o mundo inteiro festejava também o seu natalício.

Os cheiros, os sons e as memórias rodopiavam em sua cabeça, e um mal súbito tomou-lhe o corpo. A filha Ayla o amparou. Não seria assim o fim do forte pai. Salvatore retomou o fôlego e recuperou a postura de maneira milagrosa e instantânea. Apesar da saúde de leão, o coração era como um pudim, daqueles bem moles e afogados em espessa calda de açúcar. Os olhos enuviados fitaram os de Ayla. Ele disse, resoluto:

— Filha, traga-me o licor! E não esqueça os chocolates!

Ayla acompanhou-o à farta mesa e apanhou o vidrinho temperado, que possuía um nome minúsculo gravado na superfície. Misturou o líquido ao licor e deu-lhe para que bebesse. Não enxergava mais Babette e Aurora. Imaginou que haviam voltado para cozinha, o lugar da casa que mais agradava as duas! Lá elas deviam estar absortas em atividades culinárias, como: assar, mexer, emulsionar, bater, gratinar, empanar, flambar e organizar em travessas os vários pratos da ceia de Natal. Os convidados, que na verdade eram moradores da casa, começaram a se aproximar da mesa. Os inúmeros quartos ficaram vazios. Todos queriam saudá-lo por este grande dia! O dia de seu nascimento e o dia de sua partida. Salvatore sorveu todo o líquido. Era uma mistura de mel e fel, uma espécie de doce veneno. Não era de todo ruim. Lembrou que seu vinho preferido lhe trazia a mesma sensação ambivalente: prazer e desprazer, luzes e trevas. O cenho franzido em reação ao gosto amargo da dose de pentobarbital foi relaxando à medida que abocanhava, ávido, os chocolates. Ergueu a taça e, num gesto elegante, brindou a todos. Seu rosto se iluminava: Babette e Aurora se aproximavam com mais quitutes e guloseimas para compor a mesa. E lá estavam elas novamente, lado a lado: Babette, Aurora e Ayla. Embevecido e num puro estado de estupor, disse, regozijando-se:

— Isto é divino! Que sublime prazer!

Todos estavam ali assistindo ao anfitrião, mais velho e mais recente paciente asilado na Santa Casa Filhas de Santana. Dez anos antes perdera sua família num trágico acidente de carro, a caminho da Santa Missa, em Roma, na noite de Natal. A viagem era para alcançar uma graça. Sua esposa, cozinheira de mão cheia, queria que o câncer de Salvatore, que já se alastrava, afetando inclusive sua visão, fosse curado, prometendo em troca que na próxima noite de Natal cozinharia um banquete para uma casa de doentes. Nunca entendera a fé cega de sua mulher, mas respeitava. Nesses dez anos de "casa nova" havia recuperado parte da visão, graças às "filhas", como eram chamadas carinhosamente as freirinhas enfermeiras. Ficava imaginando que Santa Santana, a Santa de devoção de sua esposa, tinha atendido igualmente parte do pedido. Salvatore estava feliz, enxergava o suficiente das luzes de Natal.

Ayla, que em hebraico quer dizer "luz da lua", parecia cada vez mais fazer jus ao nome. Salvatore já não sabia ao certo se, ao fundo da sala, era Ayla com seu sorriso estrelado a lhe fitar, ou se era a lua no céu, com seu sorriso complacente de boa anfitriã. Somente Ayla podia lhe dar de beber a dose letal. Como Salvatore, ela não tinha apegos à fé comum. Sabia que a fé não necessariamente era coisa ligada aos santos, às coisas do alto. Sempre compartilhou do gosto do pai pelas coisas tidas como "profanas", entre elas um curioso interesse pela morte. A mais soturna era também a mais amorosa. Foi ela que em sonho pediu a Salvatore que saísse do quarto e fosse para junto delas, onde as delícias de viver o prazer da eterna companhia em família seriam realidade.

Na cabeceira da mesa, o patrono da Santa Casa parecia a pessoa mais feliz do mundo. Era luz o que enxergava. Luzes de todas as cores. Dos lampejos cintilavam as mais brilhantes nuances, as mais perfeitas formas. As luzes de Natal pareciam faiscar. Quando se abriu um túnel iluminado, Ayla lhe tomou a mão delicadamente; era quente e macia. Ajudou-lhe a andar por entre as brumas, que pareciam algodão-doce. E quando romperam uma espessa cortina nevoenta, pôde enxergar com perfeição: viu um imenso sol iluminando um jardim de delícias. Debaixo de um pé de pêssegos maduros, lá estavam elas: Babette e Aurora, que acenaram sorridentes. A toalha estendida sobre a grama verde, e sobre ela os mais diversos frutos da terra. Era um convite. Salvatore suspirou, risonho. Olhava para Ayla sem saber se era sonho, delírio ou realidade. Naquele dia ele não se sentiu pecador. Suicídio era uma palavra inapropriada para tão sublime experiência. Ele sabia que a ceia natalina de que tanto falavam os cristãos era, no fundo, uma bonita metáfora em apologia aos prazeres, bem como um profundo ensinamento sobre vida e morte. Naquela noite se sentia o próprio Salvador a testemunhar a ressurreição da carne, a sua própria carne. Descansou em paz em sua fé tão profana e tão sagrada, em um sublime prazer!

SANTÍSSIMA TRINDADE

Stênio Gardel

Ele me disse que era um anjo e me estuprou. Nada de olhos azuis, pele alva e cabelos loiros; tinha os olhos negros esbugalhados num rosto amarelo oleoso cheio de buracos, nariz e ouvidos com tufos de pelos grossos, o riso maldoso, malcheiroso da decomposição nas covas dos dentes encardidos. Disse que minha única salvação era ele, sem ele eu estaria perdida, como minha mãe, que nunca conheci. A mão couraçuda nas minhas coxas púberes, minhas pernas de correr e pular e brincar se fecharam ao toque, e me levantei. Ele me puxou pelo braço, me fez sentar, depois deitar, depois calar, depois abrir, depois sentir, depois doer, depois chorar, depois sangrar, depois enfraquecer e desfalecer sob falo.

Falou para me levantar, tomar banho e pôr o vestido branco de laço azul na cintura que iríamos à missa.

E muitas vezes ele fez. E toda vez seu corpo de sapo me esmagava a carne, seu bafo podre me sufocava e seu pênis seboso empalava minha alma em estacas que me cegavam os olhos. Saía de cima de mim, mas permaneciam um peso invisível comprimindo o peito, um odor nauseante impregnado na pele e o horizonte escuro. Numa das vezes, algo mais permaneceu, penetrou em um pedaço de dentro de mim e eclodiu como um verme, colando suas ventosas no útero e me sugando a juventude.

Fruto indesejado no ventre rompido à força. Esse filho não é meu. Me foi enfiado no corpo. Esse eu julgava meu, mas outros também o julgavam deles, e fui tomada. Me tomaram os movimentos, me tomaram meu interior. Socaram em mim como a um pilão, madeira morta, moldada, entalhada a servir.

Hoje sim, ele é meu, agora que o gestei, o corpo é meu. O corpo de onde ele vem é meu, e em todos os olhos do mundo eu, sou eu quem o colocará no mundo, porque ele sai de mim, mesmo que nada tenha feito para tê-lo aqui dentro, como um tumor, que cresceu, e a barriga inchada no corpo franzino, vergonha incômoda, não coube nos cômodos de casa.

Meu sangue escorre de novo, numa quantidade muito maior e tão dolorosamente vermelha como o de antes. Não basta o que este feto tirou de mim quando me infectaram com ele? Drena agora minhas energias. Meu sangue empoça, poço coagulado, ele sai de mim e mergulha nesse poço, fossa, possa nadar ou não, não me interessa, afogue-se se não puder, deixe-me, leve consigo os estigmas que trouxe quando fecundou em mim uma coroa de espinhos, rompa de uma vez essa férrea e fria corrente umbilical.

Ele chora, sim, estranha o ar, agita e retesa os pequenos braços e as pequenas pernas. Meus braços não se mexem, estão exaustos, minhas pernas estão exaustas, meu ventre finalmente descansa e está novamente seco, como quero.

Não pude tirar sua vida antes. Terei a coragem de deixá-lo morrer agora? Comida de urubus e ratos, parte do lixo que alicerça essas montanhas ao meu redor? Veio ao mundo no mesmo dia do outro, daquele homem que dizem que salva. Salva a quem neste chiqueiro sem manjedouras, só um berço de dores? Esta minha dor, só minha, recém-nascida e potente, grita, chora para ser embalada em braços de mãe.

Meu pai me estuprou por tantos anos, o filho dele me estuprou esta noite, e me estupraram todos os dias os santos espíritos sociais que professam a fé do sêmen. O resto de sêmen que eu tinha, não o carrego mais dentro de mim, nem o carregarei nos meus braços, nem lhe darei de comer dos meus seios, não lhe estenderei a mão, não o ouvirei chorar outra vez, nem sei se falará ou andará, que nome terá, que gostos terá, que tristezas e alegrias viverá, que doenças o farão sofrer e gemer, que sonhos nutrirá, que pessoas conhecerá, se formará uma família, se estuprará sua filha.

PRESENTE

V. Maria Bezerra

Cortaram os cabos de comunicação. Os caixas eletrônicos dos bancos não estavam funcionando, muito menos a internet e, por um motivo então desconhecido, os aparelhos celulares estavam indisponíveis. E agora? Logo no dia de Natal. Caos.

A televisão informou que a Interpol estava tentando identificar onde o problema tinha sido desencadeado. Acreditava em ação terrorista. Mas saber quem foi o culpado ficara em segundo plano; queriam mesmo era identificar o local para, digamos, ligarem os fios e reestabelecem a comunicação.

Primeiro disseram que os sistemas tinham entrado em falência pelo uso excessivo, consequência das festividades natalinas — achavam que muitas mensagens, compras e produtos em trânsito ocasionaram a pane, mas logo descartaram essa hipótese.

A notícia de que se tratava de um problema geral circulou boca a boca, lenta. Chegou devagar. Parecia que estávamos em tempos passados. Surgiu o boato que teria sido o espírito de Natal chamando atenção para si.

A comoção foi inacreditável: tristeza e dor pairando sobre o ar. Todos estavam abatidos. O velho e esperado espírito de Natal tinha desaparecido por completo junto com a internet. As pessoas estavam irritadas, queriam interagir com a máquina. Não importava a realidade, muito menos o espírito natalino.

Na feira onde Baltazar trabalhava, as crianças passavam chorando. Acreditavam que o Papai Noel não havia recebido seus pedidos ou que não conseguiria entregá-los. Os pais consolavam os filhos e seguiam para a pracinha a fim de fazê-los brincar. Há quanto tempo não faziam isso? Aliás, já tinham feito, e não só prometido? Queriam distrair os meninos para que eles não ficassem traumatizados — depois de meses falando do "bom velhinho", como explicar que ele conseguiria chegar nas casas sem usar um GPS? As crianças iriam desconfiar, e não era hora para essa revelação tão dramática.

A magia seria desvendada de uma maneira abrupta e não deixaria espaço para o futuro espírito de Natal. Não é bacana deixar estragar, destruir essa tradição. O feirante Baltazar sabe muito bem como preservar até o limite:

— Não podemos deixar as tradições morrerem. Que tudo se preserve em si, na sua essência, inclusive o Papai Noel.

Baltazar foi para casa mais cedo naquele dia — queria ouvir as notícias; seu irmão Belchior tomou conta da venda. Na televisão, o apresentador Gaspar sugeriu que as pessoas rezassem para que a comunicação fosse restabelecida, pois as autoridades estavam sem esperança no retorno da normalidade dos sistemas, quem sabe somente ano que vem, lamentava. A chamada terminou com um incenso, fumaça e os câmeras, assistentes, diretores, cenógrafos, em cena, no ar, parados em oração. Foi meio hilário ou patético, mas eles rezaram, então...

Da janela, Baltazar via as pessoas conversando frente a frente, ouvia vozes, sons, música nas ruas. A internet não voltara, os celulares estavam sem sinal, estava quase na hora e nada. Hora de quê mesmo? De compartilhar fotos e trocar presentes. As pessoas estavam desoladas com a obscuridade.

Tudo claro na casa do seu Baltazar, que tinha uma decoração de Natal desgastada pelo tempo. Muitas luzes brilhantes. Em novembro já estava tudo arrumado. Queria que tudo estivesse pronto para quando o seu filho José e seu neto passassem por lá. Ele considerava aquela visita o seu Natal, porque no dia 24 o filho preferia a casa da sogra. Não reclamava, porque sempre conversavam ao telefone. Apressou-se para fazer a discagem no fixo, que ele achava que estava funcionando. Porém, ao tirar do gancho, ouviu uma respiração do outro lado da linha. Uma hora antes o telefone havia tocado, mas ninguém falou nada. Agora tentou telefonar e a linha estava presa com essa pessoa que nada falava.

Pensou em chamar a polícia, mas não tinha como ligar, teria que se deslocar até a DP. Ligou e desligou várias vezes e a respiração continuava lá, assustadora. Baltazar começou a ficar nervoso com isso, e dizia: "Desligue, preciso falar com meu neto".

Ninguém respondia. Acreditou que o vizinho poderia ajudar, mas ele nunca falou com o vizinho. Seria a primeira vez que pediria um favor a ele? O vizinho não estava em casa. Novamente tentou; a respiração continuava lá. "Sai daí, seu imbecil, vá procurar sua turma", pensou. Considerou uma possibilidade: "Será que é um solitário, um suicida que resolveu compartilhar no meu telefone já que o planejamento dele foi alterado por não ter internet? Não quero nem saber, quero essa pessoa fora da minha casa. Quantas pessoas entram e invadem minha vida e eu acho bom, quanto mais melhor no meu Face, e hoje uma única pessoa está me causando esse transtorno".

A campainha tocou. Era o filho José, a nora Maria e o neto de cinco anos. Que surpresa! Ele não esperava a visita porque eles moravam longe, não dava para conciliar. Que maravilha!

— Pai, como não conseguimos ligar para você achamos melhor vir até aqui para lhe desejar felicidades. Fizemos essas fatias douradas para você. Obrigado.

Baltazar ficou emocionado. Com a voz embargada, explicou da linha presa. Quem seria aquela pessoa? Ou seria um espírito?

Não tinham ideia. O filho tentou usar o telefone, disse que chamaria a polícia e nada. A nora, desligou e ligou o aparelho. Novamente, nada. Só podia ser um órfão da internet. Devia estar sem chão, precisando de uma conexão. Foi quando o neto saiu correndo, puxou o telefone e disse bem alto: "FELIZ NATAL!".

A pessoa do outro lado respondeu: "Feliz Natal" e desligou.

GRÁFICA PAYM
Tel. [11] 4392-3344
paym@graficapaym.com.br